ラオコーンの情景

栗野　中虫

＊

一

小平強君《こだいらつよし》はもう10分近く勾配《こうばい》のきつい、表面のはげちょろけたアスファルトの坂道を、くもせっせと上り続けている。

駅から北西に1・5キロほど、小高い丘の頂上近くに立つ、木造2階建てのアパートに向かって。

（――峠の我が家、って感じかな。そんな歌があったな。）

風薫《かお》る五月、暑くも寒くもなく、リュックを背負い、ちょっとしたハイキングの気分。

一息つこうと、ガードレールに尻を乗せてくつろげば、タンポポの種がふわふわと宙をよぎり、道脇の雑草の上を薄黄色い蝶が舞う。

友人や親からは、何でまたそんな不便な場所に部屋を借りたのだ、などと言われるけれど、彼自身はまるで気にもしていない。

（まあ確かに、風の強い日なんかはごうごううるさいし、建物も揺れるし、雪が降れば坂の上り下りも大変だけど。天気のいい日はこんなに気持ちの良い所もそうないさ。）

中腹までは家や駐車場でびっしりと埋まり、隙間もないほどだけど、さらに上れば次第に視界は閑散として、造成前の宅地や原っぱ、その間に家屋や高圧線の鉄塔が見える程度。

頂上付近ともなると、道も空き地も湾曲し、一種不思議な感覚の丸みを帯びた光景となり、

関係略図

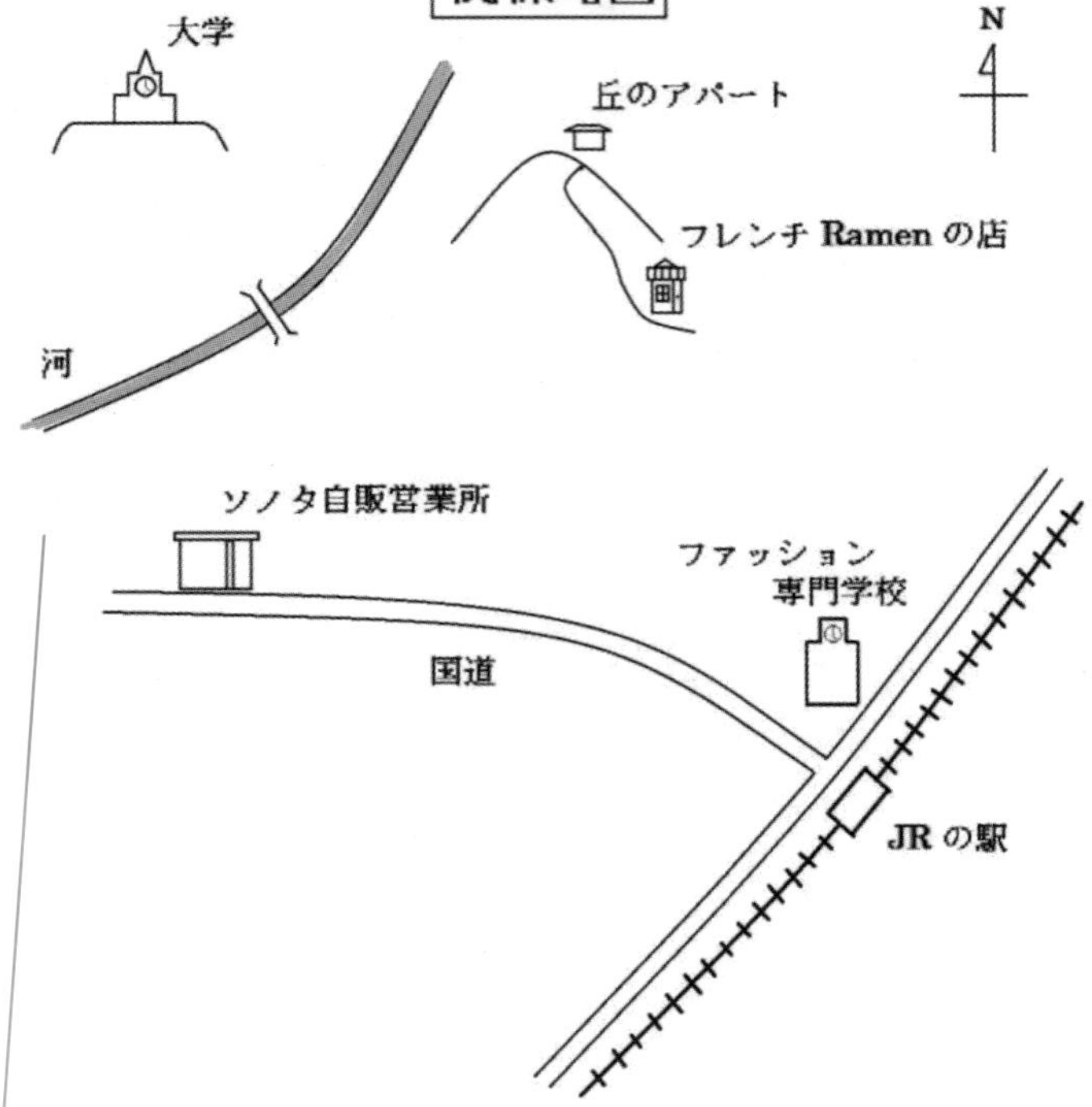

大きな球の上にでもいるかのよう。

やっと、屋根以外全面真っ白に塗られたペンキが、明るくはあるけれどやや安っぽさを感じさせるアパートの間近にたどり着き、はー、と一息吐いたのち、くるりと後ろを振り向いてみる。

たった今上ったばかりの急な坂、眼下に広がる町並みを眺めれば、何か達成感にも似た胸のすくような爽快さ。

(何とかと子どもは高い所が好きだって言うし。俺らしくていいや、ははは…)

西の方に目をやれば、色とりどりの屋根がモザイク模様のごとく敷き詰められた先に、市内を貫流する河が。

その真ん中あたりにかかる灰色の橋、がっしりとした石組みと高くそびえる19世紀風の街灯が、遠目にも夜目にも、すぐそれと分かる重厚さ。中央ヨーロッパを思わせる風情のその橋を渡り、ゆるやかな坂を上った先に、彼がいま通う公立大学のキャンパスがある。そう、小平君は、この丘のアパートからそのキャンパスへと通う、教養学部の2年生であります。

同じ市内に母親の住む公団住宅があるというのに、家賃を出して貰いアパートで暮らす彼を、人によっては贅沢だの我がままなどと言うのでしょう。

(いいじゃないか。本当を言えば俺だって、早施田《わせだ》とか傾應《けいおう》とか、華やかで有名な所に行きたかったけど、地元の公立で我慢したんだし。バイク買ってくれなんてことも言わないで、授業料はバイトで稼ぎ、自分で出してるんだから。どっかのボンボンや二世とは違うんだ。）

新聞配達に家庭教師、さらには居酒屋のバイトなど、さまざまに働いて世の中を見て来たつもりの小平君、社会経験を沢山積んだのだと、いっぱしの自負らしきものを持っています。

まだ本当の、大人の世界の厳しさや醜さを知るべくもなく、俺はただのスネかじりじゃないんだと、青年特有の思い込みに近い自信にあふれ、悪い事をせず真面目に頑張れば何も怖いことは無い、と、世の中の善を信じ切っているのでありました。

二

鉄の階段をカンカン鳴らして昇り、二階の一番端にある部屋のドアを開け、ようやく彼は住まいにたどり着く。

入ってすぐ、左の壁際に小さな流し台とガスコンロ、反対側にトイレと湯船・シャワーを狭っ苦しく収めた一角。食堂とも言えないほどのちっぽけなフローリングの奥に、六畳分のスペースを持つ居間がある。

サッシを開ければ、むき出しのコンクリートのベランダに、２槽式の洗濯機が置いてあり、頭上には３㍍ほどの物干し竿が２本。

典型的な一人暮らし用の部屋、その通りに、このアパートの住人はほとんどが学生か単身赴任の勤め人であります。

　立地の環境、駅や商店街へのアクセスの悪さから、家賃は相場の２割近く安い。まだ19と元気バリバリの彼にとってはかえって好都合、30分や１時間歩くことなど何の苦でもないし、学生食堂や100円ショップと同様、安くて用が足りるならばそれで良いと思っています。

　育ちの良さか、外から戻った際の習慣として、まずきちんと手を洗い、うがい薬を水に溶きしばらくガラガラとやる。きれいなタオルで口元と手を丁寧にぬぐってから、ようやく彼は一尋《ひろ》ほどの小さな、カーペットに直置きしたソファーに身を落ち着けます。

　おもむろにリュックから携帯電話を取り出すと、一つ大きく息を吸い、気を整えたあと、中学時代からの彼女に連絡を入れる。

「あ…もしもし、久美ちゃん？　うん、いま戻ったところなんだ。良かったら、今日部屋に来ない？　うん…歩くの大変だろうけど、ごめんね――」

　長い付き合いの彼女には、このアパートの場所がやや不評。ただでさえ少々頭が上がらないのに、これだけはまずかったかな、などと思うのでありました。

それから1時間半ほどののち。

ふもとのスーパーで買い出しをし、ポリ袋を下げて部屋にやって来た彼女とソファーに並んで座り、小平君は、学校の先輩にもらった14インチのテレビの画面に見入っています。今日は土曜日で、たまたま折よくボクシングの中継をやっていたため、飲み物やおやつをそばに置き、2人仲良く観戦です。

「あっ、危ない！　もう、なんでうまくよけないの。手数も、もっと出さなきゃダメじゃない。」

ロープ際へ追い詰められ、メキシコの選手に打たれ続ける日本の選手に、腹が立つのかはらはらするのか、同年齢の彼女・久美ちゃんは、声を上げたり眉をひそめたり。

「あ…当たった当たった！　もっと打ち返せ、そこ！」

ファッションの専門学校に通う彼女、そこはやはり服にも髪にも、自分なりの個性や主張がある。髪には一部ラメが入り、左右の手指にはパールやピンクの付け爪が。

と言っても奇抜な感じはまるで無く、彼にはよく分からないにせよ、最先端と言おうか洗練された印象があり、街を歩けば、お、おしゃれなお姉さんがいるな、と道行く人が振り返るほど。もちろん親にも友人にも、どうだい俺の彼女は、と小平君は大いに自慢です。

さて、顔の形が変わるほどさんざん打たれた日本の選手は、それでも何とか持ちこたえて12ラウンドを終え、勝負は判定に持ち込まれました。

「あーあ、駄目だったか。ぜんぜんいい所なしで負けちまったな。」

ペットボトルを床に置き、小平君がそう言ったとたん、彼女がきっと振り向いて、まじまじと彼の顔を見つめてくる。

「はあ？　ヘンなこと言わないでよ。どうして負けなの？」

意外な見幕にやや驚く彼は、俺が何を言ったんだよ、と抗議の口調で言い返す。

「変な事って…誰が見ても、相手の勝ちに決まってるじゃん。」

「どうしてよ。」

「どうしてって…」

「あのね、日本の選手はあんなに頑張ったんだから、勝ったに決まってるでしょ！」

「いや、それは無いさ。そんな馬鹿なことは――」

「バカって何よ。キミはいったい、どこ見てたの？　あれだけ打たれても倒れないで最後までやったんだから、勝ちにしてあげなきゃ可哀相じゃない！

だいたいキミは、もともと気持ちや思いやりが――（以下略）」

これ以上何か言ってもこじれるだけだと悟り、口をつぐむ小平君。しかし心中で、そういうもんじゃないんだけどなあ、と多少の憤懣《ふんまん》を覚えます。

（可哀相とか頑張ったからとか、思い入れじゃなく、客観的に見ればいいのに…。不思議なことを言うもんだなあ。）

日本の選手が、打たれる前はジャニーズ風の男前だったのも、彼女の心理に影響してるのかな、とふと気付く。

リングアナウンサーが画面の中央に進み出て、結局試合は彼の言った通り、メキシコの選手の勝ち。ジャッジは3人とも、10ポイント近くの差をつけておりました。

しばし目を見張り唖然としていた彼女、ブスッと黙り込んだと思えば、徐々に頬がふくらんで、ついにはハリセンボンのようになってしまいます。こんな時にうっかり何かを言うなり得意気な顔をすれば、彼女がどれほどいきり立つか、長い付き合いの小平君は充分に分かっている。

さわらぬ神に祟《たた》りなし、とばかりに、

「さて、そろそろ夕飯の支度だな。」

と言いざま、そそくさとソファーから立ち上がるのでした。

じろっと横目で見、何も言わない彼女、口は相変わらずとんがったまま。

出来合いの、パックに入った食材を鍋にあけ、エノキ茸や春菊・鶏肉などを多少加えて温めれば、実に手軽に夕食のおかずは準備ＯＫ。とぐ必要のない、無洗米を炊飯ジャーに入れ、水を加えてスイッチを押せば、ご飯の用意も全く簡単。

昭和のお母さんたちが食事の用意に苦労したのは夢かと思うほど、あらゆるものが整って、便利な時代となっています。

おかげで2人は、空腹にじれたり面倒くささを感じることもなく、ソファーを壁に寄せ折りたたみのテーブルを居間の真ん中に据えて、さっそく夕ごはんにかかる。

ビールやチューハイで喉を湿しつつ鍋をつついていた2人、何を思い浮かべたのか、不意に彼女がくすりと笑う。

「なに？　どうしたの？」

「ううん、何でもない。」

「気になるなあ、含み笑いみたいに。」

「こうしてるのが新婚みたいで、楽しいだけだよ。子どもが出来る前って感じで。アハハ——」

「…（笑）」

「ね、ところでツヨシ君はさ。」

「うん。」

「25とか30になっても、私とこうしてゴハン食べていたい？」

他意の無さそうな笑みを湛えつつも、彼の眼の奥を覗き込むように、視線を動かさず彼女が言う。

「そりゃあ…先のことはあまり考えたこともないけど、別れようなんて気はないし、そうなればいいと思ってるよ。」

「ほんと？　でも…キミはまだ19なんだし、これからもっと好きな人が出来たり、浮気とかも——あるかも知れないじゃん。」

「先輩かお姉さんみたいに言うね。そんな心配してるの？　中学の時からずっと、仲良くしてきたと思ってるのに。

それとも久美ちゃんの方が、もう飽きた？」

「そうじゃないけど…」

「だったら、変な心配することないって（笑）。いま俺たちに、なにも問題ないんだし。そうだ、昼間ビデオショップで『アマデウス』借りて来たから、今から観よう。

モーツアルトも面白いけど、サリエリがまた渋いんだ。」

手早く鍋や食器・テーブルを片付けてから、ソファーを元に戻し、部屋の電気をやや落して、観客2人だけの超ミニシアターをオープン。

トム・ハルス演じるモーツアルトが素っ頓狂な笑い声を上げれば、小平君もケラケラ笑い、モーツアルトの才能を妬《ねた》み、神を恨んだサリエリが、ついに十字架を暖炉にくべて燃やすシーンに、息を呑んでじっと見入る。

そんな彼の横顔と画面とを、ボクシングの時とは別人のように大人しく、交互に見やる彼女。映画への関心よりも、何かまったく関係のない物想いにとらわれている様子が、穏やかながらもやや憂いを帯びた表情にあらわれています。

高校を出てほんの2年目、青春真っ盛りの小平君と久美ちゃんは、何に縛られることもなく自由に一緒の時を過ごす。しかし自由とは一方で、何でも有り・したい放題に陥りやすい面を持つ――。

はたしてこの先もずっと、2人は仲の良い恋人同士でいられるのでしょうか。

三

それからほどもない、ある平日の朝。

数日前、学校の掲示板で貼り紙を見、連絡を取ったチラシ配りのアルバイトに、指定された時間より10分ほど早く、国道沿いの自動車ディーラーへと、小平君はてくてくやってまいりました。

ディーラーとは言いながら、個人経営の中古車屋と見まごうばかりのこじんまりとした営業所、不釣り合いに大きな『ソノタ自販埼玉』と書かれた青い看板が、頭上からのしかかるように思えるほど。

植え込みに沿ってずらりと並ぶ軽自動車やジープ、58万だの70万だのと値段を表示してあるその向こうに、見たところ30歳くらいの営業マンらしき男が、口笛を小さく吹き鳴らしつつ、ホウキで展示場を掃いている。

そんなに怖そうでもないし、ややおずおずとしながらも、敷地に入って声を掛けます。

「あの——…すいません。チラシのアルバイトで来たんですが。」

「おう、君がそうか。早く来たね、感心感心。

…うーん、そうだな、今から朝礼で15分ほどはかかるから、中で座って待っててくれ。

女の子が、コーヒーか何か出してくれるよ。」

ホウキの先で店内のお客用の椅子を指し、男は人懐《なつ》こそうに笑う。

つられて微笑む小平君は、

(初対面なのに、なんて自然に笑いかけるんだろう——商売っぽくないし。)

とえらく感心。世慣れているのか地の人柄なのか、服や髪型など身だしなみには一分の隙もない程なのに、人を緊張させたり構えさせる雰囲気はまるで無い。

(きっと、すご腕のセールスマンなんだろうな。)

自動ドアをくぐってショールームに入り、顔を向けてくる女子事務員に、

「失礼します、バイトで来ました。」

と挨拶すれば、中から様子を見ていたのでしょう、小さく頷《うなず》いて立ち上がり、入口そばの応接椅子をすすめてくれる。

「どうもお疲れさまです。少し待ってて下さいね。お飲み物はコーヒー？　お茶？」

やはり外の男と同様、知り合いどうしのように気軽な口調。学生のアルバイトなど、珍しくもないのでしょう。

「あ…すいません。じゃコーヒーでお願いします。」

坊ちゃん頭に丸顔、つぶらな瞳、少年の面影が残る彼をどう思ったのか、仔犬でも見るような色を目に浮かべ、女子事務員はドリンクサーバーへと向かいます。

その間、店内をなにげなく眺めていた彼の眼が、フロアの左側中央に置いてある、くすみひとつないカラフルな新車にふと止まる。

(きれいな車だなあ。色といいシルエットといい。)

背の高い、流麗なフォルムを持つワゴンタイプの軽自動車、小平君が知るよしもないものの昔の軽とは大違い、大人４人が楽に乗れそうであるし、荷物も沢山入りそう。

(これがあればドライブはもちろん、バーベキューでもスノボでも、引っ越しだって――。今とは段違いに行動範囲が広がるし、久美ちゃんとどこへでも行けるよなあ。)

立ち上がって価格のボードを見れば、車両本体だけで１２０万。

(ひゃー。…こりゃ無理だ。)

今の彼には夢のまた夢、税金や保険料、駐車場代などを考え合わせても、とても手が出るしろものではない。

『ははは、兄ちゃん、お前にオレは10年早いよ。どっか場末の中古車屋で、５万か10万のボロ車でも買えば？』

室内の明かりを受けてピカピカと輝くその車が、大きな眼のように見える丸いヘッドライトで、からかい半分に見つめてくる気もします。

朝礼の終わりを告げるらしい大きな号令が聞こえ、先ほどの男が店内に戻り、少しあって、自分の事務机に小平君を手招きする。

「俺は、営業主任の浜谷《はまや》といいうんだ。よろしく。

今日はこの机で、来週の展示会用のチラシにスタンプを押してくれ。何千枚もあるから、ま、今日は一日、これにかかりっ切りだな。」

そう言うと、浜谷氏は壁ぎわの棚にある、千枚ずつとじたA４のチラシの束を２つ、どさっと机に置き、さらに棚隅の金属の小箱を開けてゴソゴソとまさぐり、営業所名や住所・電話番号が横書きに彫られたゴム印を取り出して、スタンプ台とともにチラシのそばに添える。

「この右下の余白に、斜めにならないように押してくれ。あまり根を詰めると肩がこるから、休み休みでいいよ。今日押した分を、明日配りに行こう。」

「はい、分かりました。」

さっそくチラシを一枚抜き取って目の前に置き、スタンプ台のふたを開けゴム印をなすってから、右下の隅にそっと押してみる。

まああ紙のふちと平行に押せたように思えます。

「うん、そんなもんだ。インクはあまりたっぷり付けんでいいからね。あちこちベタベタ汚れるから。」

「はい、そうします。」

人が作業するのを横からじっと見ているのは、プレッシャーをかけるようで悪いと思ったか、浜谷氏は腰かけたアーム椅子の向きを変え、店の裏窓から外の景色に目を向ける。

国道沿いとは言いながら、市街地をやや出はずれたこの辺りは店舗や家がびっしりという程でもなく、少し道を離れると、白樺や橅《ぶな》・かん木などが疎《まば》らに立つ、広々とした野っ原となる。

その間にぽつぽつと、産廃処理場や古タイヤの山、田や畑、鶏舎などが目に付くだけの、何の変哲もない物寂しい光景。

麦わら帽をかぶった老年の農夫が、トラクターにまたがって視界の左端に現れる。エンジン音に驚いたか、草むらからパッと飛び上がる2，3羽の鳥。

大手自動車メーカーの販売店でも、都会の華やかなアンテナ・ショップもあれば、こんな地味な営業所もあったりで、そこはピンキリいろいろ。需要がある以上、あらゆる地域を店舗網でカバーするのは当然です。

取りとめもなくありきたりの光景を眺めていた浜谷氏、すぐに飽きてしまったのでしょう、再びくるりと小平君に向き直る。

「君は○△大学だったな。いま何年だっけ？」

「はあ、2年生です。」

「2年か…一番楽しい頃だな。単位が足りるとか足りないとか、就職がどうのっていう時期でもないし。いいなあ(笑)。

将来何になるか、もう考えてるのかい？」

「いえ、まだあんまり…母親なんかは公務員になれなれってうるさいですけど。」

「そうだろうな。5、6年前までとは違って、ずいぶん世の中も景気悪くなってきたし。確かに、役所に入れば喰いっぱぐれは無いよ。絶対に潰れんし、よほど悪い事でもせん限りクビにもならんからな。

安定して楽で——そういう生き方がしたいなら、まあお母さんの言う通りだ。」

「やっぱりそうなんですかね。安定かあ…でも、民間の方がやり甲斐とか充実感とか、そんなのが有りそうに思えますけど。」

ほどほどに受け答えをしつつ、チラシを束から引き抜いてはぺたんぺたんとハンコを押し、小平君はまったく手を休めない。こんな単純な作業、人と話をしながらでも何の支障もあるものか、といった感じです。

一方の浜谷氏は、どこか彼に興味でも覚えたか、話し好きなのかヒマなのか、何かを始めるわけでもなく椅子にくつろいだまま、また口を開く。

「年収にこだわるのなら、やっぱり銀行や証券会社、商社とかに行くべきだな。その代わり馬車馬のようにこき使われるけどね。仕事命とかバリバリ稼ぎたいっていう人にはいいのかも知れんけど。

——家族との時間や趣味も大事にしたいと思うか、仕事こそ自分の生き甲斐なんて風に考えるかは人それぞれだよ。」

「銀行とか商社って、体育会で鍛えた人とかエリートが行くところでしょ？　僕なんかじゃとても無理だな（笑）。じゃあ、自動車メーカーや販売店はどうなんですか？」

「うーん、そうだな。収入は良くないけど、面白いは面白いよ。なにしろクルマ好きの人間ばかりでね。エンジンの開発やミッションの研究をしてる技術者連中なんかは、子どもの頃から車が好きで好きで、寝る間も惜しんで職場に入り浸ってるぐらいだし。

俺は文系だけど、やっぱり似たところがあるから、まあ趣味と仕事が一致してるかな。ははは…。技術屋連中みたいに、専門何とかって言われるほどには極端じゃないけどね。」

「へえー、いいなあ…楽しみが仕事だなんて、天国みたいじゃないですか。

でも、自動車の産業は花形だって言われてるのに、あまり給料は良くないんですか？」

「はっはっは…あまりじゃなくて、かなり、だな。何しろ業界最大手のトロタが社員の給料を抑えてるから、他のメーカーがそれを上回るわけにはいかん、って訳さ。妙な序列や格付けがあってね。

自動車にとどまらず、製造業全体でトップに君臨するトロタが渋ちんであれば、そりゃあ日本の製造業はみな――」

機嫌よく話しているところへ、不意に割って入る女子事務員の高い声。

「ハマさーん、米屋のご主人から電話！　また軽バンが動かないんだって。バッテリーが上がったんだか何だか、うんともすんとも言わないってよ。」

「…ちぇっ、あの爺さん、またライトの点けっぱなしでもしたんじゃないの？　しょうがない、レスキュー隊の出動といくか。はっは――

じゃ小平君、その調子で続けてくれ。なにも問題ないだろ？」

「はい、行ってらっしゃい。」

電話で多少のやりとりをし、すぐに浜谷氏は青い作業服を着た整備士とともに外へ出てゆく。その後は、誰も声を発さず来店客もなく、気怠《けだる》い静けさが店内に漂う。

女子事務員は退屈そうに、右手に持ったボールペンをくるくる回しているし、所長であろう初老の男性は自分のデスクでじっと動かず、腕組みをし眼を閉じたまま。

活気に乏しくはあるものの、嫌いな雰囲気ではない。どこかの農協の出張所を思わせるのんびりとした安定感、多少何かあってもびくともするものではないといった盤石な感じ、これが大きな組織の余裕なのかな、と小平君は思います。

金融のように切った張ったの鉄火場的な職場も、また違ったスリリングな魅力がありそうだけど、自分の性格では到底務まりそうにない。たちまち潰されるか、精神的におかしくなりそうな気がする。

(あまりしんどいのはイヤだし、かといって安定ばかりが取り柄の職種も退屈しそうだし……。うーん。

仕事の結果とかノルマの達成とか、目標を持って働く方が、張り合いがありそうだな。地方の役所なんて、年寄りくさいだけじゃねえの?)

いろいろと想いめぐらしつつも、やはり手を休めない小平君。まだ19歳、体力も精神的エネルギーもあり余るぐらい、何かに熱中して発散させねば苛立ちを覚えるほど。

本人の思いはどうであれ、客観的に見て、のんびりゆったりムード、無事是れ名馬といった職場では、初めは好もしく感じたとしてもすぐに死ぬほど退屈するでしょう。

ともあれ、就職も結婚も、まして家を建てるなどというのもまだまだ先、何ひとつ決まっていない彼の人生は全くのニュートラル、それを無限の可能性と言うべきか、まだ何も根を張っていない若僧と見る人がほとんどなのか。

陽はほとんど山の端《は》に落ち、建物や展示場に灯ったライトが宵闇の中にぽっかりと浮かぶ頃。帰り支度を始める女子事務員、赤井《あかい》エミさんの横に座り込み、浜谷氏が何やらちょこちょこと話しかけています。

「今日来てたバイトの学生、俺がいない間もちゃんとやってた？」

「ええ。休み休みでいいのに、あの子ったら脇目もふらずにずっとやってて——真面目なんだね。」

「そうだろうなあ。一日で１５００枚近くもハンコを押すなんて、呆れるっちゅうか馬鹿マジメっつうか…。

　どう？　エミさん。ああいう若くてバイタリティーがあって、真面目そうな男は、早目にツバつけた方がいいんじゃない？」

「あはは、駄目だよあの子は。彼女がいるの見え見えだもの。」

「ほう、何でわかるの？」

「服とか携帯のストラップとか、リュックに付いてるアクセサリーとか。一目でわかるでしょうに。」

「へえー…さすがにそういう事には、女性は観察眼があるんだな。全然気付かなかった。」

「ウフ、そこはやっぱりね。勝ち気で仕切りたがりの、同い歳か年上の彼女かな。尻に敷かれてる感じね、あの子の方が。」

「なるほどなあ。さしもの肉食系のエミお姉さんも、そんな彼女がいたんじゃ手が出せん、

「ひっどーい、なにそれー！　言い方ってもんがあるでしょ。私なんて、普通よ普通。クラブもお立ち台も、もう卒業したんだから（笑）。」

5時で上がって帰途についていた小平君は、まさか自分がこんな風にお肴《さかな》になっているなどと思ってもいないでしょう。

翌日の朝10時半近く、再びソノタ自販の営業所。

展示場の敷地に立ち、チラシ配りに出かけるのにどの車を使おうかと、浜谷氏がしばし迷いを見せています。最新型の車を世間の人たちに見てもらい、アピール効果を狙うなら、もちろん新車に仮ナンバーをつけて出かける方が良い――――バレさえしなければ。

ちらりと後ろを見て、

「君は去年、運転免許を取ったんだったな。どう？　もう大分運転は慣れた？」

と小平君に尋ねます。

「いえ、取ったは取ったんですけど…ふだん運転しないので…。」

「ふーむ、まだペーパードライバーか。いや、いいんだいいんだ。」

それならば、と浜谷氏は、日頃の営業や代車などに使っている2年近く経た車を選ぶ。

今日一日、交代で運転したりチラシを配ったりするのに、今の返事では、とてもじゃないけど新車を扱わせるのは恐い。

傷を付けたり大破させたり、そんなことになったら後が大変。その点営業車なら、少々縁石に当てようが電柱をこすろうが、まあある事だし、時々運転させて早目に慣れさせてやろうと考えるのでした。小平君さえ良ければ今回だけでなく時々バイトに来てもらい、いろいろ仕込んで手伝わせよう、という目論見《もくろみ》もあるようです。

何しろ所長と女子事務員、整備士が1人、営業マンが浜谷氏を含め2人、総勢たった5人の営業所は、何かにつけ人手が足りない。

さて、昨日小平君が判を押し100枚ずつ束ねたチラシを、5つ6つ後部座席へ無造作に放り投げ、小平君を目でうながし、浜谷氏は運転席に乗り込む。

市の中心部、駅周辺やオフィス街を通り過ぎ、一戸建てやアパート・マンションがほとんどの、住宅密集地へと向かいます。

「初めは一緒に歩いて、俺がやるのを見ててくれ。まあ、そんな大そうな事でもないけど。」

「はい。」

住宅街の端っこにある小さな公園、鉄柵の外に影を落としている大きな樹木のそばに寄せ、目立たぬよう車を停める。

何も言わずに降り、チラシの束を2つ抱えた浜谷氏は、通りをてくてく歩きつつ、一軒一軒家のポストや玄関の郵便受けにチラシを入れてゆく。犬がいようが家人に出くわそうが、まるでお構いなし。

時に不審の眼を向けられても、

「どうも、ソノタ自動車です。チラシ配りさせて貰ってます。」

明るく言ってさっさとチラシを入れてしまい、ぺこりと一礼してその場を去る。

「ああいう時はね、オドオドびくびくしてるとかえって咎《とが》められるのさ。堂々とやれば、追っかけて来てまで文句を言う人はいないよ。」

「ははは、面白いもんですね。」

通りの端まで来ると、道を引き返しつつ反対側の家々にも投げ込んで、車に戻る。

「さあ、大体わかっただろうから、手分けして行くとしよう。君はあの、角にケーキ屋がある筋を行ってくれ。俺はもう一本左に行くから。」

「ケーキ屋…あっ、あれか。分かりました。」

足取り軽くこちらの家、あちらのアパートと投げ込んでゆく小平君。住人と顔が合えば、浜谷氏同様、

「ソノタ自動車です。お世話になってます。」

と元気に名乗り、それで何の問題もない。

「おう、精が出るね。」

「お茶でも飲んで、一服していかない？」

プロのセールスマンでなく、一目で学生のバイトと知れる彼に、お年寄りや主婦は警戒心を抱くどころか、かえって目を細める。

「今どきの学生さんは自分で働いて、えらいわねえ。どこの営業所？」

そんな彼を、別の筋に行くと言いつつ、実はつかず離れずで後ろから観察していた浜谷氏は、

（なかなかいい感じじゃないか。客商売に向いてるのかも知れん。）

などと考え始める。社会経験が長い分、いささか人の悪い面ものぞかせるあたり、ただの優しい人ではないのかも。

四

小平君の住むアパートから丘を下り、大学と反対側、駅方向に4、5分歩いたあたり、ごく普通の住宅街の一角に、一風変わったラーメン店がある。

伝統的な中華料理店やラーメン屋とはまるで異なる外観、一見ペンションか小綺麗なカフェらしくも見える店の入口に、『フレンチ Ramen・マルソー』と書かれた看板が掛かっています。

授業はなくバイトも休み、久美ちゃんとともに繁華街でもぶらつこうかと、たまたま通

りかかった小平君の眼が、その看板にふと止まる。

「何だろう——フレンチ？」

「フランス料理っぽい、麺とかパスタを出すんだよ、きっと。ね、ちょっと入ってみない？」

ファッションの専門学校に通うぐらい、もともとパリとかシャンゼリゼ通りとか、華やかな雰囲気が大好きな久美ちゃんは、フランスの人がいるのかも、と目を輝かせ、早く早く、と彼の袖を引っ張る。

ガラス窓を通して中を覗けば、カウンター席と5つほどのテーブルに、日本人と欧米人、合わせて3、4組のお客の姿。

まあラーメンなんだし、そんなに高いはずもあるまいと、久美ちゃんを先に入り口をくぐれば、

「いらっしゃいませ。お好きな席へどうぞ。」

と、30代ぐらいの背の高い、髪を後ろにたばねた日本人の女性が声をかけてくる。

カウンターの向こうでせっせと麺を湯掻いたり、だ円形の器を並べている小柄で小太り、短い頭髪と眉が黒々としたヨーロッパ人の男性、この人が店の名前の、マルソーさんなのでしょう。

2人だけでテーブルを一つ占めるのは少々気が引け、入り口に近くカウンターの左側に並んで座れば、

「お決まりになったら呼んで下さいね。」

と、コップの水を出しつつ女性が微笑む。メニューを眺めれば、なるほどコンソメやポタージュ、トマトベースのスープなど、いかにもと思わせるラーメンの写真が、通常の味噌・塩・醤油とは違うカラフルさで並んでいます。

「私、このポタージュのスープにしようかな。クリーミーな感じで美味しそう。」

「じゃあ俺はトマトで。」

注文を出ししばらく待つ間、2人はカウンター越しに、マルソーさんがてきぱきと働くさまを眺めます。

横一列に並べたうつわに各種スープを入れ、湯を切った麺を次々とひたし、さらにメニューごとにマッシュルームだのトリュフだの、ローストビーフっぽいチャーシューなどを手際よく載せてゆく。

感心して見ていれば、ほどもなくまさに写真通りの、色彩も盛り付けもそれぞれのラーメンが5つ出来上がりました。

「はい、ドウゾ。おいしいですよ。」

顔いっぱいにこぼれるような笑みを湛え、マルソーさんがうつわを差し出してくる。

ラテンの人は何と自然に、底抜けに明るい表情を浮かべるのでしょう。この笑顔だけで、また来たいと思うお客も多いだろうと察せられるほど。

トマトのスープを一口すすった小平君が、

「うめー！　こんなの初めてだ。」

思わず声を出せば、あまりの正直な反応に他の客が一斉に顔を向け、一瞬おいてどっと笑いが起こる。

「バカ、恥ずかしいじゃないの。そんな大声出して。」

顔を赤らめる久美ちゃんとやや慌てた様子の小平君、２人はまるで『小さな恋のメロディー』の登場人物のような、あどけない雰囲気を残している。

欧米の人にはなおさらそう見えるのか、マルソーさんは子どもを見るような目の色を浮かべているし、恐らく奥さんであろう日本の女性も、かつての若かりし頃を思い出しているかのような表情。微笑ましさと羨望が入り混じっているのかも知れません。

料理の美味しさのみならず、店内にさりげなく飾られたコローやシャガール、ドガなどの絵、控え目に流れるピアフやグレコなど懐かしいシャンソンの曲に、とりわけ久美ちゃんはすっかり魅了された様子です。

「ここにこんな素敵なお店があるなんて、全然知らなかった。いつ頃オープンされたんですか？」

と、そばのテーブルを片付けている奥さん？に聞いてみる。

「まだ2ヵ月とちょっとぐらいなの。気に入って頂けたのなら、おなじみさんになって貰えると嬉しいな。」

「ええ、私たちで良ければ、もちろん。ね、ツヨシ君？」

「うん、こんなに旨いんだもの。今度学校の友達も連れて来ます。」

　2人が機嫌よく帰って行ったあと、

「あんな可愛らしい子たちが来て、おいしいおいしいって食べてくれるなんて。店を開いて良かったわね。」

　皿洗いをしているマルソーさんを振り向き、しみじみとした口調で女性が言う。

「ほんとにね。でも、彼らはローティーンじゃないの？　あんまりしょっちゅう外食したら、オヤに怒られないかな。」

「馬鹿ね、18、9にはなってるわよ。そんなこと、あの子らの前で絶対言わないでね。気を悪くされるでしょ？」

「そうなの⁉　ごめなさーい、奥さん。」

「もう、5、6年も日本にいて、まだトンチンカンなんだから…」

「ふーむ…。ヨーロッパの若い人とぜんぜん違うんだね。」

「だから、ここは日本なの！」

　背の高さも気の強さも奥さんの方がずっと上、傍目にもマルソーさんは押され気味。

　それでも、穏やかそうな夫と亭主の尻を叩くタイプらしき奥さんは、似た者夫婦とは違う良い組み合わせなのかも知れません。

さて、マルソーさんの店によほど良い印象を持ったのか、久美ちゃんは小平君や女友達と、あるいは一人でも、週に２度ほどは訪れるようになりました。
おしゃれな女性が店にいれば、建物の外観ともマッチして実に絵になり、店内外の人目を引く事この上なく、夫婦としては大歓迎。

自分でそれと気づかぬうち、久美ちゃんは看板娘の効果を上げているのでした。

「今日もにぎわってますね。」

などと奥さんに言い、奥さんは何も言わずニッコリと微笑む。

そんなある日、友人の女性とカウンターに並んで座り、それが習慣と化したかのように、久美ちゃんはマルソーさんの料理を味わいながら、様々な話題にふけっています。

皿やコップをぬぐいつつ、彼女らの話に耳を傾けているマルソーさんは、ヨーロッパ人であるとはいえ、ドイツやスウェーデンの人のように眼がくぼんで鼻の高い彫りの深い顔、雄大な体躯という訳ではない。

１６５㌢ほどの上背に小太りの体形、髪も眉も日本人同様に黒、鼻の下にチョビひげを蓄え、一見スーパーマリオかサダム・フセインのようにも見える。

自分も話に加わりたいのか、ふと顔を上げ、

「どうです、お味は？」

と聞いてみます。

友人「うん、おいしーい！　最高！　イタリアやフランスの料理って、やっぱりレベル高いよね。」

久美「そうだよねー。でも私不思議なんだけど、イギリスとかは、食べ物の評判すごく悪いでしょ？　同じヨーロッパなのに、どうしてそんなに違うのかな。」

友人「そういえば、日本でイギリス料理の店なんて、聞いたことないよね。」

マル「ははは…フランス人やイタリア人、スペインもそうだけど、ラテンの人は生活を楽しむのが好きだから。音楽もワインも、料理だって、工夫してどんどん良くするのよ。もちろん女性も好きだけど（笑）。

イギリスもドイツも戦争ばっかりしてたから、あんまりいい料理発達しなかったね。」

（筆者注：マルソー氏の個人的見解であります。念のため。）

久美「へえー、そうだったんだ。」

マル「たとえばドイツは、沼や湖、モリばっかり多くて、農業できる土地が少ないのよ。おまけに寒いし。だから、お腹がすくとしょっちゅうイタリアやフランスに攻め込んで来て、食べ物奪ってばかりいたね。私ら昔から大迷惑よ。

まあ、ゲルマン、つまりドイツ人ね、体大きいからその分お腹すくのは気の毒だと思うけど。フランスは暖かくて食べ物たくさん穫れるから、狙われるのも仕方なかったかな。」

友人「イギリスはどうだったんですか？　ずっと先進国だったのに、料理だけ苦手だなんて。」

マル「うーん…イギリスの人は、もともとあまり享楽的じゃないし、長い間、海軍を強くするとか、外交とか植民地の獲得とか、そんなことばっかり一所懸命やってたからね。私ら対岸でずっと見てたから、よく知ってるよ。はっは。

　食べ物なんて、お腹をミタせばそれでいい、ぐらいに思ってたんじゃないの？」

ふーん、そんなものかと2人がうなずいていると、

「ちょーと、いいですか？」

と、不意に割り込む聞き慣れぬ声。

振り向けば、カウンターの反対側、入口から2つ目のテーブルに着いていた外国人の男連れが、視線をまっすぐこちらに向けています。40代ほどの太った赤ら顔の男と、もう一人は20代のなかばぐらい、細面に水色の眼、ウェーブのかかる栗色の髪、声の若さからして、割り込んだのはこちらの方でしょう。

　2人ともきちんとスーツを着こなして、いかにもビジネスマンといった装い。

「少し私に、エイ国の立場を言わせて下さい。」

笑みをたたえるマルソーさん、イギリス人の客がいるのを知りながら、かまわず語っていたのかも知れません。

あ、しまった、まずい事を聞かれたかな、とはなはだバツの悪そうな久美ちゃんらに比べ、まるで動じる気配もない。

「ご存じの通り、エイ国は海に囲まれた島なのです。国を守るためには、どうしても海軍を強くしなければならなかった。加えて、国土の広さの問題があります。ロシアや中国のように広大な奥地があれば、外国に攻め込まれて初めは押されても、退きつつ態勢を立て直し、相手が消耗したところを反撃して追い返せば良いのです。ナポレオンやヒトラー、あるいは日本に対してやったようにね。ところが我が国はそうはいかない。後退戦術はとれません。いったん上陸されてロンドンなりを占領されれば、それで終わりです。ヨーロッパ本土の大国が、軍を島に上陸させてしまえば、もう立て直しは難しい。

だからどうしても、海で防がなければならないし、食べる物をガマンしても軍艦を造り、港を整備し、多くの水兵も養わねばならなかった。ナポレオン戦争の時みたいに、大陸側の国がほとんど敵に回ることもあったから、外交の舵取りも非常に大変だったのです。」

マルソー「ふむ、そういう事情はよくわかる。常に危機感があっては、食事を楽しんでる場合じゃない。でも、それだけじゃない気がするけどね。」

「軍艦や武器を造るのに、シゲンの獲得も必要だったのです。だから――」

男は別に怒っているようでもなく、落ち着いた口調で淡々と話し続けます。むきになったり、相手を言い負かそうとする様子も全くなく、理路整然とイギリスの歴史的事情を語る。

マルソーさんも時々自分の意見をはさむものの、表情は依然にこやか、ここでトラファルガー海戦の仇をとろうという訳でもなさそう。ちくりと皮肉を入れる程度であり、正面から喧嘩を売ったりはしない。

堅い話、しかもこれまでほとんど知らなかったヨーロッパの歴史や政治の事情に、久美ちゃんらは口を開くチャンスもその気もまるで無いとはいえ、なにせ初めて聞く事ばかり、大いに感心しつつ議論を傾聴する。

女性がファッションや海外旅行、芸能人のゴシップ等にばかり関心があると考えるのは、古くさい儒教にもとづく偏見であり、歴女《れきじょ》や鉄子《てつこ》さんもいれば、優れた理系の人もいたりして、そこは人それぞれ。

いろいろと意見をぶつけるうちに、男もマルソーさんも胸のつかえが下りたような、何か晴れ晴れとした表情に変わってゆき、言いたい事をほぼ出し尽くしたあとは互いに満面の笑み。

男「女性がいるのに、めんどくさい話を長々としてすみませんでした。タイクツしたでしょう？　お嬢さんたち。」

久美「いえ、そんな。知らない話をたくさん聞かせてもらって、楽しかったですよ。勉強になりました。」
男「それは良かった。私、横浜の貿易会社に勤めている、アーネスト・サットンといいます。あちらは上司のピークス。またお会いできるといいですね。」

五

ここは東京都千代田区、丸の内の一角にある自動車・バイクの輸送機メーカー・ソノタの本社ビル。

正面および向かって右側の壁面が曲線を描く総ガラス張り、11階建ての現代的なフォルムが道行く人の目を強く惹き付ける。

1階スペースが、最新型のセダンや軽がずらりと並ぶ展示場となっており、各種のライトが皓皓《こうこう》と輝くフロアには、薄い桃色の服と帽子、白い手袋に身を包む見目麗しき女性達が、きらめく新車も恥じらう程に妍《けん》を競う。

守衛のチェックを経ねば昇れない最上階、会長室の大きなテーブルに5~6名の役員を集め、創業経営者の薗田畝男《そのだうねお》氏が毎朝恒例の幹部会を開いています。グレーの髪に端の下がった長い眉、黒目がちで正面を見据える大きな眼、ムスッと閉じた口元。

咳《せき》払い一つ出ぬ静まり返った室内で、役員の一人が緊張感も露わに、先ほどから財務収支の報告を行なっている。

が、薗田会長は一応耳を傾けるポーズをとりつつも、内心まったく別の思いにふけっています。自分が裸一貫から立ち上げ、苦労の末国内有数のメーカーへと育て上げたこの会社の事は、誰に教えられずとも一から十まで分かるのでした。役員に報告させるのは、確認と情報共有の意味がほとんど全てと言えるでしょう。

二世や三世と違い、場末の町工場からさんざん辛苦をなめて今日に至ったこの立志伝中の人物は、これまで何一つ他人任せや丸投げなどをした事がない。組織が大きくなるにつれ権限の委譲はせねばならなかったものの、やはり何事にも細大漏らさず目を光らせています。

それも無理はなく、戦前からあったトロタやイッサンに比べ後発のソノタ自動車が、そういった大手と戦い潰されずに生き残り、今日の地位を築くまでには、並大抵ではないすさまじい格闘の日々、血の涙や小便を流すほどの年月があったのでした。

(上場企業も間近になって入社してきた、高学歴で毛並みのいい連中に、それを語ったとてけして分かるまい。)

眼だけを動かし、睨《ね》め廻すではないけれど、薗田氏は役員一人一人の顔に視線を注ぐ。

(あらゆる面で安定してからそこそこに勤めるなんて、よほどの能無しでない限り、誰でも出来ることだ――）

最後の一人、営業担当役員の報告が終わりに近づき、今日はこのまま穏やかに済みそうだぞ、と居並ぶ面々が内心期待する間も、薗田氏は相変わらず身動き一つしない。

ついに雷も落ちず嵐も吹き荒れず、無事に全ての報告が終了し、みながほっと表情を緩めれば、

「――浜谷は今ごろ、元気にやっとるだろうか。」

これまでの報告と全く関係のない言葉を薗田氏が吐く。

「は…何と？　ハマヤ？」

「埼玉の販売会社に出向しとる、浜谷幸輔《こうすけ》のことを言っとるんだ。」

誰だそれは、と皆々顔を見合わせる中、ただ一人浜谷氏を知っていた人事担当の役員が、追従めいた笑みを浮かべつつ口を開く。

「今のところ問題もなく、真面目にやっているようですな。販売の実績もそこそこ出しておりますし。」

「ふむ。」

「まあ、ああいう、何と言うか立場や秩序をわきまえない、青くさい理屈を述べたてて上にかみ付くような男は、もうしばらくあのままで社会の厳しさを身に沁みさせる方が良いでしょう。営業の現場でいろいろと苦労し、世の中は正論やキレイ事ばかりでは済まない

のを学ぶべきです。」

「…………」

「お気になさらずとも、いずれ戻す機会もあります。ほとぼりが冷め、彼自身も大人になれば、ですが。」

返事もせず、解散も告げず、再び薗田会長は自分だけの物思いへと戻ってゆく。とまどいの表情を浮かべる周りの者達をまったく気にかけもしない。

（もう10年近くにもなるかな。あいつと初めて会ったのは…）


正確には現在より8年前、急激に円高が進み、輸出産業はどうなってしまうのかなどとテレビ・新聞が騒ぎ立てていた頃のこと。

自動車業界の風雲児、一代でソノタを世界的なメーカーまでのし上げた伝説の人物として、すでに広く知られていた薗田氏は、商工会議所や大学などで講演を頼まれるのがしばしばでありました。

7月の中旬、朝からじりじりと陽が照りつけ、油蝉やミンミン蝉の声もかまびすしい一日。都内のとあるバンカラ系私立大学、体育館の壇上に立ち、屋根や外壁からの熱気に人いきれも加わって実に暑苦しい場内の空気に、ハンカチで額の汗をぬぐいつつ、薗田氏は緊張も高ぶりも見せず、静かな口調で語り出す。

『起業の精神および実践』と銘打ち、300人は下らないであろう学生たちを前に、自らの生い立ちや起業の動機、今日に至るまでの経緯や苦労話などを様々に披露する。

有名人を一目見たいとか、就職の参考に、あるいは友人に付き合ってなど、集まった学生らの心中はそれぞれであるにせよ、私語もほとんど無くみな神妙に聞き入っています。

「――私の実家は、3代前に移り住んだ曾祖父以来、ずっと北海道であります。

ご存じの通り、北海道とは実に広く自然に恵まれた土地でありまして、私も子どもの頃はよく、熊と一緒に川で鮭を獲ったり、オホーツクの氷に乗って航海に出掛けたりなどしておりました――」

どっと湧き起こる聴衆の笑い声、時おり冗談を交えつつも、あまり悪ふざけにならぬよう気を付けながら薗田氏は語る。

ふだん社内では部下達の気が緩まぬよう、あえて怖い顔や態度で臨んでいる薗田氏、そんな必要もない社外の場では、けっこう話し好きの冗談好き。こういった講演にはもはや慣れ切っており、自慢や説教調にならぬよう淡々と、様々なエピソードや自動車業界の内情を披露すれば、学生も大学職員も一様に、感心しきりといった表情を浮かべます。

「さすがビッグになる人は違うなあ。」

「ただの爺さんじゃねえよ、やっぱり。」

50分ほどで、あまり長くなってだれぬうち、薗田氏はいちおうの話を終える。

そのあとは希望者の学生３人に壇上へ来てもらい、皆でパイプ椅子に腰を掛け、司会役の仕切りで質疑応答に移ります。

「めったにない薗田会長との懇談の機会、学生諸君には遠慮なく何でも聞いて欲しい、とのお言葉も頂いております。ではさっそく、どなたからでもご質問をどうぞ。」

「じゃ、ボクからいきます。えーと、いまテレビとかで、円高で車とか電器産業とか、輸出企業が大変だと毎日取り上げてますけど、なぜそうなるのか良く分かりません。よければ仕組みを教えて下さい。」

「うむ、なるほど。簡単に言えばこういう事です。私らが国内の工場で車を作り、それを船でアメリカに運び、アメリカのお客さんに売るとしましょう。お客さんが車を1台、1万ドルで買ってくれたとします。その1万ドルは売上として我が社に入る訳ですが、ドルのままでは日本国内で使えない。円と交換せねばなりません。

ここまではよろしいですね？

で、その時の交換レートが1ドル１００円であれば、1万ドルは１００万円になる訳です。ところが円高が進み、1ドル80円となれば、1万ドルは80万円にしかならない。

同じ車を同じアメリカで、同じ1万ドルで売っても、日本円にした時20万円も減ってしまうのですよ。」

おー、とざわめく場内の学生達、なるほどそうなのかと今知った者がほとんどのよう。

ニュース番組の解説者は、専門用語を駆使して悦に入るばかり、なかなか一般人に分かりやすく説明してくれない。

「へえー、それは困りますね。」

「まったく。その対策として、私ら輸出企業は為替予約とか、円高で安くなった外国の部品や資材を多く仕入れるとかいろいろ手を打つ訳ですが、それについては専門的過ぎるので省きましょう。

あなたがうちの会社に入ってくれれば、私なりその道のプロがいくらでも教えてあげますよ（笑）。」

「はあ…会長さん、ボクに内定を下さるんですか？　ありがとうございます。」

ワハハ…と会場全体が笑いに包まれ、その後5分ほどで1人目の質疑は終了。

薗田会長ときたら、社内とは別人のように愛想の良い笑顔と丁寧な口調、よほど上機嫌なのか、あるいは元々外面《そとづら》がいいのかも知れません。こんな時には、先の垂れた眉がいかにも好々爺らしく見える。

２人目の学生は車好きらしく、ソノタの車のデザインやら性能やらにあれこれと不服や要望を出し、小生意気にも他社との比較を述べたりするものの、会長は依然ニコニコと満面の笑み、不快そうなそぶりは毛ほども見せない。ハイハイとうなずきを繰り返し、答えられる範囲で誠実に応じます。

ところが。最後の３人目、目元は涼やかながら眉にやや険を感じさせる学生は、初めから何か詰問口調。

「失礼ですが、会長は大企業の社会に果たすべき貢献や義務について、ふだん考えておられますか？」

「ほう、社会貢献。」

「はい。ヨーロッパのお金持ちや貴族は昔から、自分らだけが裕福に暮らすのではなく、貧しい人や孤児の救済、あるいは橋や道路などのインフラ整備に私財をつぎ込み、それを義務としてきたと聞きます。しかし日本のお金持ちはどうでしょう。

これ見よがしに豪邸を建て、派手な車や恰好で外をのし歩き、プライベート・ジェットなんかも買い、どうだ俺はすごいだろう、俺は成功者だぞ、口惜しければやってみろなんて態度で勝ち誇り、社会への還元なんか考えてもいない。

大企業も、内部留保ばかりして、社員や地域社会に――」

司会「ちょっと…きみ、もう少し穏やかに。喰ってかかるような言い方はやめなさい。」

学生「何がですか。」

司会「だいたい、来賓の方に取るべき態度じゃないだろう？」

しーんと静まり返る場内、固唾を飲むような雰囲気にかえって会長が気を使い、とりなすように口を開きます。

「確かに君の言うような事実はある。日本の場合、名家や旧家に生まれた品の良い人達だけじゃなく、急に大金をつかんだ成金も多いからね。

私の若い頃、戦後の貧しかった時代はそんなことも無かったが、復興を遂げて繁栄が続き、世界有数の経済大国になったと言われ出してから、思い上がった連中も出て来たよ。」

「頑張って成功し、裕福になった人達を、それが悪いとはもちろん言いません。ただ、金を持っていればエライのだなんて風潮、海外の不動産を買い漁ったり、名画に何十億もつぎ込んだり…エコノミック・アニマルなんて呼ばれるのは恥だと思うんです。いくら高級車に乗りブランド品を身に付けていても、それが人の価値の全てであるはずがないでしょう？

格差を見せつけて威張っている人達が、つつましく暮らす人々を見下ろしているだけでは、ヨーロッパに比べてあまりに浅ましいじゃないですか。」

「アメリカや日本、あるいは中国でも拝金主義がはびこっているのは事実だろう。でも、全ての人がそうでは―――」

この学生の議論にはユーモアも謙虚さもなく、ただひたすらに攻撃的な調子が続き、退屈した聴衆からはちらほらと野次も出る。

切りがないと見たか、エホンと一つ咳払いをし、司会が割って入ります。

「えー、白熱した議論の最中ですが、残念ながら終了の時間となりました。

薗田会長、本日はお忙しい中ありがとうございました。皆さん、盛大な拍手をもってお礼と致しましょう。」

尻切れとんぼと言おうか、後味の悪い白けた終わり方となり、聴衆がざわざわと去り始める中、壇を下りようとした当の学生を薗田氏が呼び止める。

「きみ、なかなか良い意見だったじゃないか。この頃、君ぐらいはっきりと私に物を言う人はほとんどいなかった。こびる者やイエスマンは多いけどね。有意義だったよ。」

「いえ…礼儀も考えずに、ずけずけと喋ってすみませんでした。あんな生意気を言ったのに、丁寧に答えて頂いて恐縮です。」

「いやいや、そんな事はない。」

関係者との挨拶を終え、丸の内へ戻る帰りの車中でも、薗田会長は運転手を相手に明るい口調で感想を漏らす。

「今日、久々に歯ごたえのある奴に会ったよ。正面から俺に文句をつけおった。」

「さようですか。それはまた、近ごろ珍しゅうございますな。」

「昔の学生はヘルメットをかぶりゲバ棒を持って暴れたりして、いい事だとは言わんけど、生きのいいのが多かった。70年代までの世の中はけっこう荒々しかったけどな。良かれ悪しかれ。

この頃は大人しい、男か女かよく分からん人間も多いけど、まだああいうのもいるんだな。少し安心した。」

「私などはもう30年も、ひたすら会長のおっしゃるままに仕えてまいりましたが、それでは物足りませんか（笑）。」

「いやいや、そんな事はない。」

ソノタ自動車を築いた本人でありながら、自社の車でなく、いつも会長は大型ベンツの後部座席。社会的立場上、軽や小型で移動していたのでは貫禄にかかわるというので、やむなく皆の勧めに従っているのでした。

革張りのゆったりしたシートが実に心地良くはあるものの、やはりプライドの上で面白くない。いずれ自社ブランドでこういう高級車を世に出したいと思いはしても、客観的に見て、自分の代で出来るかどうか。

（ロールスロイスやベントレーに負けないすごい車をいつの日か作り、さすがは薗田畝男だと、世界中の人間を感嘆させてやろうじゃないか――）

15年後か20年後か、と沈思する会長は、不意に胸を突かれたように、はたと気付く。

（もしやこういう高級志向とか野心みたいなものが、普段の俺の表情や言葉に出ていて、あの学生に突っ込まれたのかな。気を付けているつもりでも何かの拍子に、世間の人達の眼に向上心とは違って映る、いやらしさのようなものが…）

己の力でここまでになったのだという自信、それはいつか、自分は特別な人間なのだ、といった傲慢さを生んでいたのかも知れない。そんな時に、人は裸の王様になってしまうのだ。

（あいつ、まだ社会経験もないヒヨッ子だし、先の事は分からんけど、茶坊主やおべっか使いになるタイプでは無さそうだ。ああいう直言居士みたいな奴がうちの会社にも、少しはおらんとまずいのかも知れん。）

いずれにしろ、近頃まれな真っ正直で骨のありげな奴を見た、と頬の緩む薗田会長。

口先で立派なことを言い、それに酔う人間ではあるまい、とも感じています。

なにしろ会長は、滅多に人には言わぬものの、批評家や評論家といった人種が大嫌い。

（世の中を支えているのは、懸命に働いて社会に不可欠あるいは有用なものを作り、新しい価値を生み出す人間、もしくは警察官や消防士・介護士などのように、治安を守り、救命や福祉に尽くす人々なのだ。

俺とて、人によって見方はあろうが、少しは世の役に立ってきたはず…）

視界の端に入り始めた壮麗な本社ビル、あれだって虚栄心や高級趣味もあったけど、本当は社員に誇りを持たせたかったのだ。

（批評家、コメンテイター…人が何かを作り出すのを待ち構え、それについてああだこうだとコメントすることで飯を喰う連中など、どんな存在価値があるというのか？

映画や音楽、文学、さらに自動車にしても、世の人々が直接触れて自分なりの感想や意見を持てば良いのであって、間に批評家が入り、先に雑誌の論評やテレビ等で良い悪いを決めつけてしまうのは、白紙であるべき人々の意識に余計な先入観を植え付けるだけだ。それが好き嫌いや偏見にもとづく個人的意見に過ぎなくとも、権威を信じる人々は簡単に、そうなのかと思い込んでしまう――）

男は黙ってとか沈黙は金《きん》というのはやや古く、今はコミュニケーションの時代だろうから、よく喋るのが悪いなどとはむろん言わない。自分だって話し好きの面はある。しかし言論人も政治家も、もう少し言葉に重みや責任を感じさせなければ、ただ軽薄なだけではないか。

（あいつはどうだろう。有言実行の人になればいいが…）

講演会にしろパーティーにしろ、様々な場に引っ張り出されるのは時として面倒なこともあるけれど、いろんな人とめぐり会えるのがまた楽しい。

それから1年と数ヵ月。秋もかなり深まった頃、蒼さを増した都会の空を背景に、より美しさが際立つソノタの本社ビル。

今日は朝から、翌年の新卒入社を希望する学生達を集め、会長室に運び入れた長テーブルとアーム椅子に薗田氏ほか数名の役員が横一列に着き、一人ずつ順番に入ってくる学生の最終面接を行なっています。

が、書類審査やＯＢの選考を経て絞り込まれた面々のはずなのに、開始から2時間以上がたち6、7人を終わっても、どうもこれといって採用したくなる者が見当たらない。

百戦錬磨の会長からすれば、20代前半の学生などほとんどが物足らなく思えるのは仕方ないにしても、こう言っては悪いけど、みな帯に短しタスキに長しという感が否めません。

「…何かこう、インパクトにとぼしい学生ばかりだな。いっそ来年は新卒の採用はやめにして、中途採用でいい人材をとることにせんか？」

「まま、会長、そう仰しゃらずに。まだ全員終わったわけではありませんし。」

「ウチの会社は優秀な学生にとって、魅力に欠けるのかなあ。トロタやイッサン、ポンダなんかに流れてるんじゃないだろうな。」

「まま、これからですよ。」

次に入って来た学生は、伏し目がちで見るからにオドオドした様子、何を言うのかと思ったら、親のコネや有力者の口利きを訴えるばかり、目に哀れな色を浮かべ、とにかく入りたいと必死に繰り返す。途中で会長は視線を天井に向け、まるで興味を失ってしまいます。

会長とてそういった伝手《つて》を全く無視する訳ではないけれど、それだけでは会社の将来を託すにははなはだ心もとないし、やはり本人にある程度の見込みがあってこそ採用する気になるというもの。

　またその次の学生ときたら、どこかの就職マニュアル本に書いてある文章をそのまま暗記してきたと見え、

「えー、その…貴社の社風に惹《ひ》かれ、えーと、利潤の追求のみならず、地域社会と一体化して役割を…その、果たそうとする姿勢にキョーメイし――――」

　つっかえつっかえ、思い出しながら、壊れた録音機さながらに上っ面だけの言葉を羅列し述べたてる。

　もはや会長だけでなく、他の役員達も下を向いてペンをいじくり、ネクタイの先をひねくったりと全く白けているありさま。

「あーあ。今日は無駄な一日になるのかな、これは。」

　さすがに皆の気分が沈滞してしまったところへ、次に入って来た細身の学生、涼やかな目元が会長には見覚えがある。以前会った時に表情を暗くしていた、眉の険がすっかり消えています。

「おう、君は…。」

「お久しぶりです、あの時は大変失礼致しました。早施田大学商学部の、浜谷幸輔と申します。」

　今日はまことに礼儀正しく、正面に置かれた椅子に腰を下ろす浜谷君。

「ふーむ、君がウチを志望するとは意外だな。社会活動家を目指すか、福祉団体に入るのかと思ったぞ。」

「ええ、あのあとそういう関係の人たちに何度も会って、いろいろ話をしたのですが…どうもいま一つピンと来ないというか、決心がつきませんでした。

　もちろんその方々が、理想を持って恵まれない人々のためになろうと頑張っていることに、ケチを付けようとは思いません。ただ、また生意気を言うようですが、会長ほどの凄みを感じる人には出会えませんでした。ぜひもう一度お会いして話をしたいと思いました。」

「ほう（笑）。君もお世辞の一つも言うようになったか。」

「いえ、そういうつもりも無いんですが（笑）。直に福祉関係の仕事に就《つ》くのも選択肢の一つではありますが、製造業の頂点に立つ自動車業界の高いレベルで鍛えられ、様々な経験を積み、視野を広くし考えを深めていくのも必要だと思いました。

あ、念のために言うと、経験を積んだらそれでさようならというのではありません。ビジネスの前線に立ちながらでも、それとは別に、社会福祉に時間やエネルギーを割くのも可能なはずだと考えています。」

「なるほど。相変わらず理想主義的なところはあるようだが、なかなか面白いことを言う。」

　変わった奴が来た、と他の役員達はあまり良い印象を受けてはいない様子であるものの、一方で、やっと自分の言葉で語る学生が来たか、と注意深く耳を傾ける。

少しあって、人事部長を兼ねる役員が、やや疑わしそうな表情を浮かべつつ口を開きます。

「ウチに入社して働いてみたとして、それが君の正義や価値観に合わなかった場合、どうするのかね。すぐやめてしまわんかね？

民間企業とは、儲けを出しシェアを拡大するために、キレイじゃない事もいろいろあるよ。」

しばし言葉に詰まる浜谷君に、別の役員も追い打ちをかける。

「とりあえず入ってみて、気に入らないからやっぱりやめた、では困るんだ。初めから熱心に、ここへ入るのを希望する学生も多い。

試しにやってみようと考えている者を、そういった学生より優先するわけにはいかんな。」

「そう仰しゃられるのはごもっともですが、僕が考えるに、会社に勤める従業員とは、江戸時代の侍のような家の子郎党とは違います。奉公人でもありません。

何があろうとひたすら忠義を尽くすのも一つの考えでしょうが、会社と従業員は商法等に基づく契約関係であって、双方が合意してこそ契約は成立する。会社が社員を選ぶなら、社員が会社を選んでも良いはずです。」

うーむ、と呆れたような表情を浮かべる役員達。こんな面倒臭い理屈屋を入れたらあとが大変、との思いを一様に抱いた様子です。

その後いくつかのやり取りを経て、聞くべきは聞き、彼が出て行ったあと、それぞれ当惑した顔の色。

「いやいや…頭は良いようだが、扱いが難しそうですな。場合によってなかなか有能な社員にもなりそうだし、逆に獅子身中の虫にもなりかねん。」

「コネを訴えたり、就職本の文言を暗唱する者よりはよほどマシに思えますがね。さて、どう評価したものか。」

役員の意見は全くそれぞれ、判断が決まらぬため、結局は薗田会長が裁断します。

「よし、決めた。あの男は採用する。癖の多そうなところは、あとから教育してただすことも出来るじゃないか。

良い子ばかりでなく、少しは個性の強い者がいてもいい。」

こうして会長の一声で、ソノタ自動車の本社採用となった浜谷君。１９８８年11月のことでありました。

六

さて話は再び、オープン３ヵ月のマルソーさんの店が大いに賑わい、浜谷氏は販売店で営業主任を務めている、１９９５年現在に戻ります。

横浜の本牧《ほんもく》埠頭の一角に、ちっぽけな出張所と倉庫を置くイギリスの貿易会社、『ビーバーブルック商会』の駐在員、若干26歳のアーネスト・サットン氏は、何かヨーロッパで喜ばれる日本の物産、伝統工芸品や食材はないかと、ほぼ毎日関東の各地、最近は埼玉県の川越市や川口市、あるいは秩父の奥深くまで、はるばると車で駆け回る日々。

今日もハンドルを握り、埼玉北部の殺風景な山道や物寂しい田畑の間を走っていれば、さすがに単調さにあきあきしたせいか、心の中に様々な想念がめぐり出す。

(この、極東の海に浮かぶ4つの島からなる国、控え目な気風に見えるけど、ここほど面白いところもそうないさ。19世紀のジャポニズム当時から、この国で生み出されるあらゆるものが、浮世絵や彫金、錦鯉や盆栽、木や竹で作った工芸品、鉄瓶にしろ刃物にしろ、陶器も漆器も――広く世界で評価され、受け入れられているのだから。

現代だったらなおのこと、車や電化製品・精密機器、スキヤキや寿司といった食べ物ももちろん、漫画やアニメ、ゲーム、ファッション、数え上げれば切りがないほどだ。こんなに何でも出てくるなんて、まるで魔法のランプじゃないか!

イギリスでもコルシカでも、海に隔てられた島に住む人々は、その地理的環境から大変に保守的で現状維持を好むものだが、この国の人々が持つ自由な発想、工夫やアイディアに注ぎ込むエネルギーといったらどうだろう。社会の仕組みや人同士の関係といった面では恐ろしく固陋《ころう》で全体主義的に見える民族が、ことモノ作りに関しては既成概念にとらわれずあらゆる試みをなし、実際素晴らしい成果を、次々と生み出してゆくものなあ…)

5〜6年前から国内の景気が良くないとは言うけれど、外から見ればまさにライジング・サン、陽がぐんぐん昇っていくがごとき感がある。斜陽のイギリスとは全く対照的、どちらが第二次世界大戦で勝ち、負けたのかと思ってしまうほど。

(かつてウィンストン・チャーチルが、第二次大戦中に、イギリスとアメリカの二大アングロサクソン国家が世界を支配すべきであるなどと公言していたのは、現状を見る限り全くの妄言であったと考えざるを得ない。偉大な政治家・戦略家には違いないけれど、考え方には随分と偏りがあった。有名な回顧録はもちろん後年出したものであり、都合の悪い事は省いて書かれている。なにせチャーチルは19世紀の帝国主義時代に生まれ育った人物であり、ドイツ人も共産主義者も、有色人種も大嫌い、大英帝国の領土を一片たりとも失わないのが首相としての自分の役割だなどとよく語っていたという。が、その彼が指導して勝利に終わった大戦のあと、大英帝国はどうなったか。アジア・アフリカ、中近東、あらゆる植民地や属領はみな独立して本国の支配から離れてゆき、結局我が国は元の小さな島に、振り出しに戻ってしまったのだ。)

日本には『赤とんぼ　飛び直しても　元の枝』なんて言い方があるそうだが、まさにその喩《たと》えにぴったりと当てはまるではないか。

いま、ブリティッシュ・エンパイア（『大英帝国』）とかパックス・ブリタニカなどという言葉を耳にするのは少々恥ずかしくもあり、自虐の思いにかられたりもする。

それでもイギリス人の端くれである以上、自分にも、かつて七つの海を制覇した栄光の歴史、頂点に達したビクトリア女王の時代を誇りに思う気持ちはむろんある。対ナポレオン戦争しかり、バトル・オブ・ブリテンしかり。

しかし、もはや21世紀も近いのだ。

力のある国が、優秀な民族が、そうでない国や民族を支配して何が悪い、といった傲慢な考えは、ごく一部の大国の勝手な都合を除き、世界の常識からいってまかり通る時代ではない。白い警官がアフリカ系の人をしょっちゅう撃ち殺すなどというのも、あのおぞましいアパルトヘイト同様、もういい加減無くさねばならんのだ。

そもそも自分はなぜ、毎日こんな事をしているのか？

母国の大学で日本語を学び、多くの文献を読み漁って知識を仕入れ、ついにはこうして来ているのは、この国の芸術や文化に強く惹かれたからであって、かつてのキリスト教宣教師のように植民地獲得の尖兵を務めている訳ではない――。

そんな事をあれこれと考えるうち、徐々に視界を大きくさえぎり出す、山のふもとの鬱蒼たる森。その端っこに、この日最初の訪問先、陶芸家の作業場であるプレハブ小屋と窯《かま》が見える。

20メートルほど手前、アスファルトの切れる所で車を停め、さっそく訪《おとな》いを入れてみれば、当人は一心に土をこねている最中でありました。

多少怪しみつつ立ち上がるその男に、丁寧に名刺を出して挨拶したのち、様々な椀や皿を手にとっては眺め、写真を撮り、製法やデザインについて説明を受け、あれこれと質問をぶつけます。

「この釉薬《ゆうやく》には、何と言うか、独特の色合やツヤがありますね。」

「ほう、お目が高いね外人さん。自分で工夫したのさ。人真似だけじゃつまらんからな。」

「オリジナリティーこそが貴重ですよ、やはり。うーむ、素晴らしい…」

たまたま火の入っていなかった、ミニサイズの古墳のようにも見える窯も中に入って眺めさせて貰い、やはりいろんな角度から写真に収める。その後はお茶をご馳走になりつつ、しばらく世間話を交わします。

髪も髭も伸ばし放題なのか、どこか世捨て人か山人のようにも見える、40代の半ばだという陶芸家。以前から国内のデパートや催事場に作品を出してはいるものの、海外とはまだ縁がないという。

好きで続けているだけで、大儲けしようとか有名になろうなどという気はさらさらなく、ヨーロッパに出すとか出さんとかは考えたこともないと、本音か気取りか分からないけれど、淡々飄々とした調子で語ります。

およそ聞きたい事を聞き終えて、最後にサンプルとして、最も良さげに見える作品を2つ買う。

「後日必ず、連絡いたします。ぜひ当社で扱えるようホカの者を説得しますので、少々待ってもらえませんか？」

「ああ、また来なよ。あんたなかなか面白いから、気に入った（笑）。」

再会を約して別れ、そのあともう一件、藤や山ぶどうのつるを編み、敷物や帽子・バッグなどを作るという女性作家を訪ね、今日の予定を終えたころ、時刻はとうに昼を過ぎ、2時近くとなっておりました。

（さあ、帰るとするか。腹も減ったし。）

山道から国道に出、ひたすら南を指して走るうち、もはや空腹は耐えがたく目も回りそうなほど。が。

（ほか弁やコンビニの食べ物もいいけれど、ちょっと寂しいな。さて…

――――そうだ、この間の、フランス人のラーメン・レストラン、あそこに寄ってみるか。そうそう、それがいい。また面白い出会いがあるかも知れないし。）

その頃、同じ埼玉県のS市、当のマルソーさんの店。建物と歩道の間、細長い地面にぽつぽつと植えられたカトレアの花が白い外壁によく映えて、ここだけ地中海岸であるかのよう。

天気も良いし人通りも無くはないのに、珍しく閑散として、マルソーさんは厨房の椅子に座り込んで一息入れており、ただ一組の客である小平君と久美ちゃんが、奥さんとともにカウンターで歓談にふけっています。

とりわけ奥さんに懐いてしまっている久美ちゃんは、近頃は気兼ねなく身辺の話もするし、時に一人で、友人や彼氏にも言えない悩みを聞いてもらったり、相談したりもする仲に。すでに店のママと客を超えた関係。

長めの髪を後ろで束ね、薄いベージュのエプロンを身につけた奥さんは、見るからに質素な30代女性といった印象がある。背が高く何事にもハキハキとしたさまが、接する人に頼もしさを覚えさせるのかも知れません。

今日は古いアルバムをカウンターに広げ、十数年も前の写真を眺めつつ、あれこれと昔の話を披露する。

久「わー、奥さん若い！　初々しい女の子、って感じ。」

奥「ふふ、この時はまだ20歳か21だもの。美術学校を途中でやめて、パリに行ってすぐの頃だし…。

でもやっぱり、服のデザインも帽子も、こうして見ると時代遅れね。」

久「そんな事ないのに。私も学校で教わったけど、流行《はや》りなんて結局、ぐるぐる回ってるだけだって言うじゃないですか。」

どれどれ、と覗き込む小平君も、

「おー、すんげー綺麗じゃん！　モデルとか女優の写真みたいだ。」

と、目を輝かせて大声を出す。カノジョがそばにいるのを考えもしない。

奥「あはは、そんな大げさな。でも、この頃は良かったなあ。初めてフランスに行って、半年くらいか…親に無理を言って泣きついて、どうしても本場で絵の勉強をしたいから、なんて。

　日本で出来ない訳じゃないのに、本当はただ行きたいだけだったな。」

しんみりと述懐しつつページをめくれば、現れたのは台紙の真ん中に一枚だけ貼ってある、他に比べて二回りほど大きな写真。

　歴史を感じさせる建物や橋を背景に、ただならぬ親密さの男女が写っています。はにかむ女性の頬に男が顔を寄せ、まさにキスせんとする寸前に見える。

久「あ！　マルソーさんだ。細―い！　おヒゲもまだ無いし。」

小「なんかやさ男っぽいな。ははは…別の人かと思った。面白れー。」

久「ね、どんな風に知り合ったんですか？　なれそめを聞きたいな。」

奥「うーん、いいじゃない（笑）。恥ずかしいし。」

久「2人で日本に来るまで、いきさつとか曲折っていうか、いろいろあったんでしょう？」

奥「それは、まあ。私も絵の勉強だけじゃなく、カフェに勤めたりパンの工房で働いたり、その他にも…方向がよく分からなくなってた時期もあったけど、その間に知り合ったってことで。詳しいことはまたいずれ、ね。」

それまで話に加わらず、黙って耳を傾けていたマルソーさんが急に顔をほころばせ、

「ワタシが日本に来たのは、奥さんに引きずられたのよ。日本のことはサケか忍者ぐらいしか知らなかったのにね。んー、首根っこ押さえられて、って言うの？」

セリフとは裏腹に全く後悔もしていない様子で、実に屈託なく笑う。

奥「またそんなこと言う（笑）。」

マ「初めから奥さんが何でもリードしてたから、気が付いたらここで毎日ラーメン作ってる。ハッハッハ…」

さて、どうも先ほどから久美ちゃんの様子が、徐々に普段と違ってきている。

強く憧れつつもまだ見ぬ国の話を、実際に行っていた人からちらほらと聞かされ、写真もあれこれと眺めたせいか、なにか眼が遠くを見ているしウズウズした感じがありありで、さすがに小平君も少々不安を覚えます。

「まさか、久美ちゃんもフランスに行きたいなんて言わないよね？　俺がいるのに。」

「えへへ、どうしよっかなー。来年の春には専門学校も卒業だし。ヨーロッパに行って、本格的にファッションを勉強するのも、ありかなー。」

冗談めいた口調ながらもかなり本気度が高いとしか思えず、ますます焦る小平君。

「そんな――――こと言わないでよ。日本でブティックやアパレル店に勤めるとか、そうじゃなければ、デザイナーの卵になったりも出来るのに…」

「うーん、でも、小さい頃からフランス好きだしなー。」

口で小平君をなぶりつつ、自分に対する彼の思いのほどを確かめようとするかのような久美ちゃん、いつの世にも変わらぬ女性のやり口か。やや下を向き、胸元にかかった髪の先を指でいじくりながら、意味深な笑みを浮かべます。

ほどなく小平君は、実家で母親に用があると言って席を立ち、ちょっと意地悪だったかなと後悔しつつも、なお二、三十分もとどまっていた久美ちゃんが、さてもうそろそろと立ち上がりかけた時。

扉のベルがカランカランと鳴り、ひょっこり顔を覗かせたのは、横浜へ戻る途中で寄ったアーネスト・サットン氏。

「やあ、ミナさんお元気ですか。また来ましたよ。」

「あら、いらっしゃいませ。今日はお一人ですか？」

ぱたんとアルバムを閉じた奥さんが、どこの席へと導くひまもなく、久美ちゃんを見つけ青い眼を見開いたサットン氏は、

「オーウ！　またお会いしましたねお嬢さん。なんて私は運がいいんだ。」

言いざま彼女の隣にさっさと座り、いかにも嬉しそうに微笑みかける。

逃げ出す訳にもゆかず、椅子の上でモジモジする久美ちゃん。

「あ…どうもこんにちは。えーと、たしか、サンコン？」

「サットンです。覚えててくれてありがとう。」

にこにこと手放しで好意を示す相手に、すぐ出て行ったのでは避けるみたいで悪いし、気まず過ぎると思ったか、まあイヤな感じの人ではないし仕方ないから少し付き合うかと、久美ちゃんはまた腰を落ち着けるのでした。

「まだ、お名前を聞いてませんでしたね。」

「あ、久美です。里中《さとなか》久美《くみ》。」

「クミさんですか。可愛い名だなあ…」

上機嫌で自分の食事を注文し、久美ちゃんにも何か飲み物をおごりましょう、などと言うサットン氏。彼の様子は誰が見ても、ただの好意以上、男が女性に持つ関心と熱意をはっきりと表しています。

が、奥さんもマルソーさんも、まだ2回目のお客に対し、悪い事をしている訳でもないのに、その娘《こ》は彼氏がいるからちょっかい出さない方がいいよなんて言えないし、客どうしの関係にそこまで踏み込む訳にもいかない。

しかし、早目に伝えるべきは伝えないと、この先ややこしくなるのは目に見えています。

俺は面倒なことには関わらんよ、とばかりに無表情で料理を始めるマルソーさんと、カウンターの端に2人と離れて座り、時おりチラリと視線を向け、やや気がかりそうな奥さん。それでも結局どうなるかは久美ちゃん次第。

七

その後しばらくは、仕事の合間を見てはしばしばアプローチしてくるサットン氏を久美ちゃんがほどほどにあしらう以外、他にさしたる事もなく、大学はすでに夏休みとなっている、8月の初め。

小平君はこの頃居酒屋などのバイトをやめ、もっぱらソノタの営業所で連日働いています。

朝早く新聞を配ったり夜飲み屋で酔っ払いにかかずらうよりも、学校の授業のないこの時期は、昼の仕事で車を洗ったり納車や引き取りの手伝いをする方が、生活のペースでも気分の上でもよほど楽。

営業所の側も、雑用や遠出の仕事も嫌がらない彼を戦力の一人として重宝し始めており、所長や事務員の赤井さんからは、本気か冗談か、

「もう大学はやめて、このまま就職すれば?」

などと言われるほど。

まさかそんな訳にもいかないけれど、営業所にはもうすっかり馴染んだし、車の運転も自信がつくわで、彼にとってはなんら不満のない日々。

(卒業したら、車の会社に入るのもいいかな――出来ればソノタに。給料は良くないけど楽しいよ、なんてハマさんも言ってたし。いくら年収が高くても、金集めに駆けずり廻る仕事なんて嫌だし、役所勤めはつまんなそうだしなあ。

今度、所長に話してみようかな。)

そんなある日、敷地の端っこでホースとスポンジを手に、のんびりと試乗用の車を洗っていれば。

国道上を市街地の方からえらくトロトロと走って来た赤い軽自動車が、店の駐車場に入ろうとしていったん止まり、後続のダンプにクラクションを鳴らされて、跳び上がるように敷地に入る。小平君が見てさえちょっと危なっかしい。

またよたと進んでお客用のスペースに停めると、大人しそうな中年女性と20歳前後の娘が降り立ちます。うっかり大声を出せば逃げ出してしまいそうな儚《はかな》い感じがそっくりで、どう見ても母娘。

無言で見ている小平君と目が合うと、おずおずと母親が話しかけてきます。

「あのー…今日浜谷さんは?」

「あいにく外に出てますけど――どういった御用でしょう。」

「実は車をぶつけちゃって、ちょっと見て頂けません？」

言われるままに、母娘とともに車の後ろに回ってみれば、あら何と。

バックドアの右側が縦に溝が走るようにへこんでおり、ガラスにはひびが入って、明らかに電柱か何かに強くぶつけてしまった様子。

バンパーも中途で折れて浮き上がっているし、ウインカーやブレーキ・ランプも粉々に割れて豆電球が飛び出しており、一目で彼にもかなりの重傷と分かります。

「僕はアルバイトなので…ちょっと待って下さい。いま整備の者を呼んで来ます。」

ややあって、手に付いた黒い油をウェス（雑布）でぬぐいつつ、のそのそと歩み寄って来た整備士が、損傷個所を見るなり眉をしかめ、太い指で顎《あご》をさする。

「あらら――こりゃ随分ひどくやったねえ。」

「うっかりギアを間違えてアクセル踏んじゃって…。修理をお願いしたら、どれくらいかかりますか？」

「うーん…。見積もり出さんと決められんけど、板金やら部品の交換やら、20万以上いくかも知れませんな。」

母娘は目を見合わせ、互いにしゅんと首を垂れ、大いに落胆した様子。

「どうしよう…車検も近いし、合わせて30万もかかっちゃうのか…」

「もう10年近い車だし、30万もかけるなら、中古を買って乗り換える方がいいんじゃないすかね。金利の低いローンもありますし。」

立ち話でしばらくやり取りした末に、この場ですぐ決める事も出来ぬので、ひとまず車は店で預り、母娘には代車を出して当分乗ってもらうことになりました。

「直すにしろ車を換えるにしろ、浜谷に連絡させますから、相談の上でお決め下さい。3日ほどで修理金額の見積もりを出しますので。お気を付けて。」

「はい…よろしくお願いします。」

必要な物を事故車から移したのち、ぺこりと頭を下げ、母娘は4ドアセダンの代車に乗り込む。恐る恐るという感じに動き出し、しばらく待って国道を走る車が途切れてから、やっと敷地を出て走り去ってゆく。

「なんだか危ねえなあ。またぶつけんじゃあんめえな。」

「それじゃ気の毒過ぎますって。修理する事になったら、なるべく安くしてやって下さいよ。」

「なにいー？　近頃けっこう言うじゃねえか、小平。」

30代の後半、日に焼けた顔いっぱいに笑いじわを浮かべると、整備士はまたのそのそと自分の持ち場へ戻ってゆく。

小平君は再び事故車のそばに寄り、やや哀れみを覚えつつ、大怪我を負った小さな赤い軽にじっと見入る。フロントガラスの内側に下がるぬいぐるみのウサギ、薄い黄色のハンドルカバーが、いかにも女性の愛車という感じがします。

(大事に乗ってたんだろうになあ。こんなになって…

でもきっとハマさんが、何とかいいようにしてくれるさ。)


翌週の半ば、地上も空も夜のしじまにすっかり包まれた頃。

浜谷氏は駅裏のやや寂しい住宅街、母娘の家のそばで車を停める。アスファルトの小道に降り立てば、踏み出す靴の裏でジャリ、ザリと響く妙に大げさな砂の音。

一昨日もここに来て、母娘に見せた4年落ちの中古・同じ赤い色の軽自動車を、今日契約して貰おうというのでした。アポは無いけど、決めるべきは間を置かずに、さっさと決めてしまいたい。

ぽつんと立つ街灯の光に淡く照らし出された、母娘2人が住む古い一軒家。男手が無いせいかあえてそのままなのか、庭木や雑草がびっしりと生い茂り、蔦《つた》が壁を這い、窓をおおかた覆い尽くすほど。

(けして暮らしに余裕があるわけでも無かろうに———。修理と車検で35万もかかるんじゃや、買い換える方がマシだものなあ。)

玄関前に立ちチャイムを押せば、少しして内側にパッと明かりがともり、

「はい、どちら様ですか？」

と、やや慎重に尋ねる声。

「夜分恐れ入ります、ソノタ自動車の浜谷です。そろそろ、どんなものかと思いまして。」

「あら…お疲れ様です。どうぞお入り下さい。」

上がってすぐの八畳間に通され、据え置きの大きな座卓につき、母親がお茶を入れる間しばし待てば、トントンと階段を下りる音がして娘も姿を現します。

母娘が座卓の向こう側に並んで座り、どうも夜遅く押しかけまして、いえいえ、などと二言三言交わしてから、さっそく浜谷氏は本題に入る。

「今までお使い頂いたお車は、一昨日申し上げました通り、直すのに25万円以上かかってしまいます。車検ももう切れますし、お気の毒とは思いますが、やはり乗り換えの方がよろしいかと。」

母「そうねえ、残念だけど仕方ないかな。」

娘「せっかく大事に乗ってきたのに…」

浜「お気持ちはよく分かります。しかし、今度の車は低燃費でガソリン代が安く済むし、室内が広くて使いやすい。何よりまだ4年しか経ってない上に、走行距離も少ないので、長くご愛用頂けますよ。」

母「そうね、浜谷さんのおっしゃる事だし…」

浜「正直言いまして、乗り換えるのにこんな良いタイミングもそうそうございません。」

かなり未練がある様子の娘に比べ、母親の方はもうふんぎりが付いているらしく、話は条件に移ります。

母「たしか全部で62万でしたね。頭金が12万、残りは25回払いで。直すよりかかるけど、月2万ならその方がいいいか。」

浜「それに、程度の良いフロアマットがありますから、サービスでお付け致します。値引きはもうきびしいですが、納車の際にガソリンも満タンにいたしましょう。」

しばし無言で考え込む母娘、もう少しまけて欲しいとの内心が、こういった商談が日常の事である浜谷氏にはありありと分かる。ずうずうしい相手なら、もっとまけろまけろ、部品もサービスであれを付けろこれを付けろと、いくらでもねばってくるところ。しかし恥ずかしいのか気が引けるのか、それを言い出せず黙ったままの母娘に、浜谷氏はますます気の毒になってくるのでした。

(新車を売る時なんかでも、こっちの都合も考えずに1円でも安くさせようと、怒鳴ったり睨《にら》んだり、何でもするヤカラも多いのに—

結局はそういう奴が安く車を買い、大人しくてあまり厚かましい事を言えない人が高く買う破目になるものなあ。)

ここで自分が一押しすれば、じゃあそれでお願いします、と母娘が言うのはまず明らか。

が、やはりもう少し何とかしてあげたい、と強く感じた浜谷氏は、とうとうセールスマンとして有るまじき事を言い出す。

「あ、いけない、忘れてました。」

「？」

「そうだそうだ、今月はまだ値引きの枠が残ってました。販売強化月間で。いやー、もっとサービス出来るのに、私としたことがついうっかり。」

「値引きの枠———ですか？」

「はい。私の裁量で出来る幅があるのです。もう3万引いて、59万でいいですよ。」

まあ、とばかりに笑みを浮かべる母娘、いやあ恥ずかしい、といった顔で浜谷氏は頭をかく。

「それなら、よろしくお願いします。無理して頂いてすみません。」

「いえいえ、滅相もない。」

さっそく注文書などの必要書類にハンコを貰い、頭金の一部も受け取って、めでたく売買は成立。わざわざ玄関まで見送りに出た母娘と丁寧に挨拶を交わし、自分の車に戻りつつ浜谷氏は、何なんだ俺は、と自嘲の思いにとらわれる。

(ふん、俺のやった事は、会社から見れば背信行為だな。間違いなく。…情に負けてしまった。)

夜ふけて静まり返った住宅街、他に走る車も無く、ヘッドライトの光に入った一匹の猫が、一瞬おいてパッと跳びすさる。

せっかく1台売れたのに気分は全く浮き立たず、営業所に戻る途中でも、やはり内心の呟《つぶや》きは止まらない。

(62万で売れるものを、こっちから3万も引いて、むざむざ利益を減らすとは！しかし車の売り買いに限らず、世の中の事は大抵、ずるい奴や悪い奴、人を押しのけ足を引っ張ってさえも自分が得をしようとする者が幅を利かせてるじゃないか。我欲が服を着たような連中が――)

(真面目で大人しく、善良な人間が、いつも損をかぶらされるのだ。この程度の事はやったっていい。あの母娘に3万ばかり余計にサービスしたからといって、大ソノタ自動車が傾く訳でもないさ。)

翌日さっそく浜谷氏は、買ってもらった車をなるたけ早く母娘に届けようと、まず整備士の岡山精三《おかやませいぞう》氏に車の点検整備を頼み、その間自分は役所へ行って住民票をとる。

整備が終わるのを待って軽自動車協会に持ち込んで、車検を通し、登録して納税手続きを済ませ、検査証やナンバープレートとともに持ち帰る。

自身でもう一度、ワイパーを動かしたりラジオを鳴らしたりと全体をチェックして、六角レンチで手際良くプレートを付け、車検期日のシールをガラスの内側に貼り、一連の準備はすべて完了。

母娘に連絡を入れて時間を決め、さあ明日は納車だと、ほっと一息入れていたのに――次の朝、自宅のベッドで目を覚ました彼は、何かサウナにでもいるような蒸し暑さと息苦しさを覚える。顔も胸も汗だくで、ポッポと火を吹くかのよう。

何事が起こったか、と床に立ち上がりかけた途端、ガーンと突き刺すような痛みが目の奥に走り、部屋の中の光景がぐにゃぐにゃとゆがんで見える。思わず腰が砕け膝が折れ、床にゴロンと転がってしまいます。

（おいおい！　どうなってんだこりゃ。風邪か？）

出社時刻間際まで、水を飲み体を拭き、濡れタオルを額に当てたりなどしたものの、悪化こそすれ具合はちっとも良くならない。

「くそ、大事な日なのに、これじゃどうにもならん。」

もうそろそろ誰かいるはずだと営業所に電話を入れれば、真っ先に出勤していた赤井さんが出る。

「もしもし…お早う、エミさん。」

「お早う、なんだか変な声だね。」

「いやー風邪ひいたらしくて、今日はとてもじゃないが無理だ。

大切な納車があるんだが、済まないけど岡山さんと小平君で行くように、頼んで貰えないかな。場所と時間は岡山さんが知ってるから。俺は今から病院に行く。」

「そうなの、それはお大事に。独り暮らしで不摂生してるから、栄養足りないんだよ。とにかく気を付けて。」

スーツに着替えてふらふらとアパートを出、近くの駐車場でマイカーに乗り込み、のろのろと何とか車を走らせて最寄りの病院に行き、よろよろと受付にたどり着く。

体温計を渡されて待合室の平べったいソファーに座っている間にも、悪寒が走り頭はくらくら、ますます具合が悪くなる。

ピピピ…と体温計が鳴り、脇の下から引き抜けば、なんと熱は39度3分。

（39度――こんなの初めてだ。）

あと3人、あと2人と耐えつつ診察の順番を待つうちに、とうとう全身の力が抜け、ソファーへくたくたと倒れ込んでしまう。

看護婦が気付き、ついに診察室に入ることもなく、そのままソファーの上で右腕をまくられ、熱冷ましの点滴を打つ破目となりました。

（やれやれ、何てザマだ。情けない…）

ふがいなさを嘆くうちにも徐々に気が遠くなり、視界が薄れてゆく浜谷氏。

――――彼の意識はいつの間にか現在を離れ、6年ほど前の、ソノタへ入社後最初に配属された、エンジンの組立工場へと戻っています。完成品の点検や修理のために、常に油の焦げた匂いが漂う敷地には、灰色や暗い緑の味も素っ気もない、馬鹿でかい建屋がいくつも並ぶ。車もバイクも、エンジンは全てこの工場で作っているのでした。

その一角、資材調達部という部署で、エンジンを作るための様々な部品の調達に、数多い下請けメーカーと買い付けや値段の交渉に当たる日々。

初めの1年ほどは勝手も分からずに、先輩や上司と下請けの間を行ったり来たり、御用聞きかメッセンジャー・ボーイのようであった彼が、やっと一通りの知識を身に付け要領を覚え、自主的にバリバリ動き出した頃、元々の性格がそうさせるのか、いったん自信を得たとなれば早くも独断専行の気味が現れ始めます。何しろ学生の時から薗田会長にさえ噛み付くほど、怖いもの知らずの青臭さに少しの変わりもない。

しかし、それはむろん、秩序を重んじる日本の社会、特に役所や大企業のように複雑な組織を持ち年功が物を言う場において許される態度ではありません。

ある日とうとう40を過ぎた直属上司が、デスクの前で身じろぎもせず立つ彼を、椅子にふんぞり返ったまま憎しみすら感じさせる眼でにらみつけ、口汚く罵声を浴びせます。

『何で俺の指示通りやらんのだ、ん？　四の五の理屈ばっかり並べやがって若僧が。まだ入って2年ぐらいで、何様のつもりだてめえ！』

『僕の態度が気に入らないと仰しゃるのなら、その点はお詫びします。しかし、下請けを脅したり威張り散らしたり、無理矢理買い叩くのが能じゃないでしょう。ウチは安く買えればそれで良いにしても、下請けはどうなるんです？　彼らにだって生活があるはずだ。

　去年、納入価格を3パーセント下げさせたのに、また2パーセント引き下げろだなんて…強い立場を嵩《かさ》にきて、理不尽ばかり押し付けるのが僕らの仕事ですか。』

『仕入れの値段が安けりゃ安いほど、本社は喜ぶんだ。俺達の手柄にもなる。

　どこが悪い、ああ？』

　この上司は入社以来工場一筋、本社というものを何か絶対に逆らえない権威のように思い込み、何を言われようがひたすらハイハイと服従するだけ。本社の人間にぺこぺこと卑屈な態度を取り、その分部下や下請けに別人のごとく居丈高にのぞむのは、誰が見ても、コンプレックスの裏返しとしか思えない。

　青臭い浜谷君とこの上司の言い合いは、それこそ互いに赤くなったり青くなったり、どっちもどっちといったレベル。

(しかし、本社も本社じゃないか。下請けを搾《しぼ》り上げて多少コストダウンしても、外部はともかくグループや系列の中では、結局タコ足喰いに過ぎないのに――

　会長はこんな実態を知らないのだろうか？)

『おい浜谷、てめえ本社採用だからって、俺を馬鹿にしてんのか。工場で2、3年腰掛け程度に働いて、早いとこ本社へ行きたいんだろう。』

『そんな積もりはありません。下請けを苦しめるばかりが能ではない、と言っているのです。』

『いいや、絶対馬鹿にしとる。そうでなけりゃ、何でお前みたいな若い奴が全然指示に従わねえで、たて突いてばかりなんだ。自惚《うぬぼ》れ野郎が！

本社の人事に報告して、てめえの経歴ぶち壊してやってもいいんだぞ。』

『……………』

『一生工場勤めにしてやろうか？　俺のように――――』

なぜこんな、昔のイヤな事を思い出すのか分からないけれど、かつて浴びせられた罵声や冷たい視線が脳中でぐるぐる廻るうち、視界がうっすらと明るくなって、自分を上から覗き込む中年男の顔が見える。

我に返れば、ここは再び病院の中、待合室で大の字となっている自分に気付きます。

「目が覚めましたか。もう昼を過ぎましたよ。」

真上から彼を見ている半白の長髪・銀ぶちメガネの男は、どうやらこの病院の主治医のよう。傍らで微笑む先ほどの看護婦。

「あ…どうもすいません。」

「熱は下がったようだし、インフルエンザなどの厄介な症状でもなさそうです。恐らく疲れか何かで体調が落ちつつあるところに、風邪が重なったんでしょうな。もうしばらくお休みになって、落ち着いたらお帰りになって大丈夫です。念のため、飲み薬を一週間分出しておきましょう。」

起き上がって頭を振り、額に手を当てた浜谷氏は、

「はあ、確かに…随分楽になったようです。一時はどうなるかと思いましたが――ありがとうございました。」

と、安堵もあらわに答える。

悪魔祓《ばら》いと言ったら大げさ過ぎるけど、体から手に負えない邪悪なものが出て行ってくれたようで、久々にすがすがしい気分。

その日の午後2時近く、約束した時刻の少し前。

母娘に納める赤い軽自動車を、整備士の岡山氏は、まるでラリー・カーでもあるかのごとくバンバン飛ばす。１６００ccの小型車に乗っているにもかかわらず、小平君は見失わぬよう付いて行くのがやっとです。

右折左折やカーブのたびに、はらはらドキドキしっ放し。

(お客さんの車をあんなに飛ばすかよ、もう。まあ俺と違ってベテランだから、いいのかも知らんけど…。

あ、くそ、また信号ギリギリで行っちまう。)

駅近くのガード下をくぐり抜け、何とかはぐれずに母娘の家へ着いた小平君が、大いにホッとしつつ車の外に降り立つと、岡山氏はすでに、玄関へ向かって右側にこんもりと茂ったあじさいの脇に軽を停め、出て来た娘と挨拶中。

「まったく、買って頂いた当のセールスマンが大事な納車に来れないなんて――――まことに申し訳ございません。何だかえらく熱が出て、まともに歩けもせんようで…。

私が代理で参りました。」

いつもぶっきらぼうな岡山氏も、さすがに恐縮しているか、普段に似合わぬ丁寧な口調。何しろお客によっては、こんな事は縁起が悪いとキャンセルを言い出す人もいるほどで、それほど納車とは大切なこと。が、幸い娘はそう思わないよう。

「そうですか、あの熱心な浜谷さんが来れないなんて、よっぽどお加減が悪いんですね…」

日中は母親がスーパーへ勤めに出ているため、自分だけで応対する娘、まだ20か21くらいでしょう。もともとよく似た親子であるものの、一人になるとより一層に影が薄い。

近づいた小平君が同年代の親しみを込めた笑みを浮かべ、小さく頭を下げてみても、常に怯えているような表情に変化は無く、コクンとうなずき返すだけ。

「それじゃさっそくですが、お確かめ下さい。お約束通りガソリンは満タンにしましたし、マットもちゃんと付けてあります。」

岡山氏が運転席のドアを開け、ささ、どうぞ、と手で示せば、おずおずと娘は上体をかがめて車内に首を入れ、あまり関心も無さそうに室内を眺めます。

「ふーん…確かに、前の車より広いみたいだし、シートも内張りも綺麗だな。」

「ええ、新車と同じって訳ではないですが、前のオーナーさんがかなり大切にしてたようで。タバコも吸ってませんし。」

へえー、そうなんだ、という具合にさして感動も無さそうな娘の視線が、フロントガラスの内側にふと止まる。

「あ。ウサギ、ちゃんと付けてある。ハンドルカバーも。」

「いろいろと手をかけられてたようなので、移せるものは移しておきました。雰囲気はだいぶ残せたと思いますが。」

「うれしい…」

そのあと岡山氏が、ＡＢＳだのアイドリング・ストップだのとメカの説明をする間、どれほど理解しているのか知れないにせよ、無表情に見えた娘の顔に浮き浮きとした感が漂い始め、シートに座ってあちこち触ってみる様子がそれまでとは別人のよう。寂しげな色しか見せていなかった眼が、瞼が上がって生き生きとした光を帯び始めています。

「あ、そうそう、一つ忘れてました。前のお車ですが、廃車にせんで済みそうです。

下取り値は付けられませんでしたけど、私の知り合いの修理屋が引き取って、合間にぼちぼち板金したりライトを取り換えたり、1、2ヵ月かけて直すと言ってまして。」

「え、そうなんですか。」

「何でも、もうすぐ免許を取る息子がいて、練習とか足がわりに使わせるって話です。」

「よかった…。お父さんも運転してたあの車、潰されないで、また別の人に乗ってもらえるんですね――」

そばでやり取りを聞く小平君は、様々に汚れてしまっている大人達と違い、まだ純情で多感な年頃。

テレビや映画の作った人情話でなく、現実にこんなシーンがあるのだなあと、内心少なからず感動を覚えるのでした。

八

ここで話は、十数年も前に遡《さかのぼ》る。

東京は世田谷、田園調布の一角。

財閥系商社に勤める父親と、音楽教師の母親の間に生まれた藤咲麗菜《ふじさきれな》は、庶民から見ればかなり裕福な家の一人娘でありました。

幼い頃から塗り絵や折り紙、ガラス細工や万華鏡など美しい色彩・光に興味を示し、学校の図書館から画集を借りては眺め、やや長じてロートレックやコクトー等ヨーロッパの画家に傾倒する。

物心ついた時、家の中には食堂や踊り場などの壁面に有名作家の絵が掛かり、モネやマティスの名は就学前から知っていた。ギリシャ風の彫像やガレの花瓶はあるし、母親の弾くピアノの音にもあふれているわで、環境からして美しもの好きになるのが自然だったのでしょう。なにせ曾祖父や祖父の代からの、華麗なる一族。

カエルの子はカエルと言う通り、中学校の進路指導で希望を聞かれた麗菜は、何の迷いもなく、美術学校への進学の意志をはっきりと述べる。将来は絵の道に進みたい、プロの画家になりたい、と。

普通科の高校に入り、そのあと就職するにしろ大学へ行くにしろ、それが当たり前だから――といった感覚はまるで持ち合わせていなかったようです。

そんな娘に、学校時代は絵でも音楽でも好きな事をやれば良いけれど、いずれ夫を迎えてこの家を継いで欲しい、と考える両親はあまりいい顔をしない。

ずっと見てきた親の目には、我が子ながら、絵の道を追求するためにはどこへでも行ってしまいそうに見える。

美術の高校や大学に進みたいのならそれも良かろう。しかし卒業したら、早目に結婚してこの家で暮らすんだよ、趣味にとどめるのならともかく、職業画家を目指してあちこち修業して歩いたとしても、成功するのはほんの一握りなんだよ、などと代わる代わる言い聞かせるものの、初めから自分の人生を決めつけられるのは、麗菜としては大いに不満。(女はごくごく普通に生きて、結婚して子どもを産み育てるのが役目だなんて、誰が決めたのだろう。自分は女に生まれようと思って生まれたわけじゃなく、気付いたら女だっただけなのに…

男性は思う通りに何でも出来るのに、どうして自分は、自由にしてはいけないのか?)

いわゆる男尊女卑だの、人権とか自由思想などというのは言葉の上で聞いたことがあるのみで、中身はよく知らなかったにせよ、漠然とした理不尽や不公平を常々感じ取っている麗菜は、もちろん美術への強い志が動機ではあるものの、自分を押さえ付け縛ろうとするものへの反発もぬぐい切れないのでありました。

こうして、将来に関する両親の希望と麗菜の思いは平行線をたどり、一向に交わらぬまま、とりあえず美術学校への進学には誰も異存がない。高校3年間ひたすら絵画に没頭していた麗菜は、大学も同じ道へ進む。

しかし麗菜が20歳になった時、かねて両親の怖れていた通り、フランスへ行って絵の勉強をしたい、絵のみならずあらゆる芸術や文化に直に触れてみたい、と言い出したのでした。

「駄目だ駄目だ、そんな事は。せっかく入った大学を中退して、身一つで右も左も分からない外国へ行ってどうなると言うのだ。

お前のような箱入り娘が、この家を出て何が出来る。夢ばかり見るのもたいがいにしろ！」

「このまま続ければいいじゃない。どうして日本では駄目なの？

一人娘が外国へ出てゆくなんて、何かあったらこの家はどうなるの？」

人によって考え方はそれぞれであるにしろ、家族で引っ越すのならともかく、娘一人で海外留学など危険過ぎると考える人も多かった時代、顔色を変えて叱る両親に、この希望においては極めて強情な麗菜は、それこそ一歩も引かない。

「私が一人っ子なのは、私のせいじゃない！　それに、悪い事をしようって訳じゃないのに、どうして反対するの？

家族だったら応援してくれてもいいじゃない！」

言い合ううちに、麗菜も母親もワンワン泣き出して言葉にならず、父親は一人苦虫を噛み潰したような顔。

「とにかく、外国行きなど絶対に認めん。少し頭を冷やすんだ。いいな！」

しかし。父母の強硬な反対にも麗菜の意志は微動だにせず、一週間ほどして再び、決然とした面持ちで両親の前に出る。

何を言うかと思ったら、なんと今日、大学に退学届を出して来たという。

「な、何だって!?」

「この子ったら、まあ…!」

驚愕の目を見張る父母を前に、さらに麗菜は、応援してくれないのなら、夜の街で働いてでも金をつくり、どうあろうとフランスへ行くと宣言します。

言葉も出ぬまま顔を見合わせ、もはやけして娘の気持ちは変わらないと悟った両親、夜の街で働くなんて、そんな事をされては――と思わざるを得ない。そうまでして行きたいものを、なぜ認めてやらんのだ、といった世間の声も容易に想像がつく。

加えて、すでに20歳で未成年ではなくなった人間を、無理に抑え込もうとしても、喧嘩別れになるのが見えています。

そのあとは、フランスのどこに住むのか、アパートなりをどう探すのか、仕送りは、入りたい学校の当ては、などの話となるものの、具体的な予定や段取りは全く手付かずという麗菜に、これだから世間知らずの娘は困る、思った通りだと渋面を浮かべつつも、商社に勤める父親が現地の駐在員など伝手《つて》をたどって進める他はなく、結局はおんぶに抱っこ。

天真爛漫と言おうか怖いもの知らずと言うか、まあこういう娘に育てたのも自分らなのだ、とあきらめの表情もありありの両親に比べ、胸の内で夢や希望がはち切れんばかりの麗菜は、全く無邪気に嬉しさを隠さないのでした。

日本を発つ前に済ませるべき、あらゆる雑多な手続きや始末やらを、親任せでなく自分でも、懸命に動き回っては片付ける。

区役所や銀行、旅券事務窓口など、絵を描く以外、あまり他の事に関心も無かった麗菜にとっては目が回りそう。

パリに駐在する三ツ虫《みつむし》商事の社員らに、アパート探しや契約などの受け入れ準備も整えて貰い、最後に知人友人への挨拶やお別れ会で泣いたり抱き合ったりしたのちに、ついに麗菜がシャルル・ド・ゴール空港に降り立ったのは、両親を強引に承諾させてから、3ヵ月ほど経った後。

(ああ、ついに来た。フランス、パリ…。どんな生活が待ってるんだろう。)

大きな期待や喜びの一方で、たった一人でやってゆけるのか、すぐホームシックになりはしないかという今さらながらの不安も、ほんの少しだけ胸をよぎります。

初めて踏んだヨーロッパの地、これからどんな展開や出会いがあるのか知れないにせよ、まずやるべきは入国手続き。

ぞろぞろと進む他の乗客のあとに付き、カウンター前に出来た列の最後尾に立つ。

冷徹な鳶《とび》色の眼でじっと見据えてくる審査官を相手に、たどたどしい英語でドギマギそわそわしつつ何とか通過した麗菜を、目ざとく見つけて声を掛けたのは、スーツの襟《えり》に特徴ある三ツ虫の社員章を付けた、30代前半くらいに見える小柄な男。

万一のためか、わざわざ『ウェルカム　藤咲麗菜さん』と書いた紙まで持っている。

「どうも済みません。よく分かりましたね。」

「お父さんからの連絡で、念入りに聞かされてましたから。おおかたこの人だろうと一目で分かりましたよ。」

そう言うと男はごく自然に手を伸ばし、無造作に手荷物を受け取ると、先に立って歩き出す。仕事柄、こうして海外に慣れぬ日本人を迎える事など珍しくもないと見え、さっさと麗菜を導いて、社有車とおぼしき三ツ虫製の日本車のドアを開け、後部座席に座らせる。初めて訪れた異国の地で、面識がないとはいえ言葉の通じる相手に迎えられ、そこはやはり大いにホッとする麗菜でありました。

「これからセーヌ河の左岸、カルチェ・ラタンという地区に向かいます。そこにアパルトマンを借りましたから、大家に挨拶して、今日はそこで落ち着いて下さい。さしあたりの食べ物や日用品など、一応思いつく範囲で用意しておきました。」

「本当に、何から何まで済みません。見ず知らずの私にそこまでして頂いて…」

「いえいえ、他ならぬ藤咲部長のご家族とあれば。まだとてもご恩返しにはなりません。カルチェ・ラタンは、大学がいくつもあって学生が多いし、フランス人ばかりでなくいろんな国の人がいますから、気楽に住めると思います。美術館やおしゃれな文具屋、陶器やギフトなんかの店も多いし、なかなか楽しい所ですよ。

地理の勉強がてら、2、3日散歩してみると良いでしょう。」

「まあ、そうですか。」

以前父親に世話になったという この男、若い女性と2人きりで車内にいても、別段照れ臭そうでも気後れした様子もなく、あたかも仕事の一つというように淡々と語る。

こういう態度でいてくれれば、麗菜も格別気を使わずに済むし、これまで感謝もしなかったけれど、父親の羽の下で守られてきたのを、異国に来てからさえも改めて実感するのでした。

どうしてもフランスに行きたいからといって、何もあんな態度を取る事は無かったな、と多少の後悔が胸をよぎります。


役所への届け出や入学手続きを済ませ、近所で食料の買い出しや日用雑貨の調達をする先も当てをつけ、いよいよ麗菜の新しい人生が始まる。

大学の美術科で真剣に絵を学び、知識の吸収や技法の修得に励む一方、フランス語も学友や教授との片言のやり取りから始まって、街中の散歩や買い物、および夜部屋でこつこつと勉強することにより、遅々とではあるにせよ少しずつ身に付き始めます。

パリ内外に数百も、ごく普通に目に付く和食料理店にいくつか入ってみて、行きつけの店をつくり、そこで働く日本人に教えてもらうのが特に役立ったよう。他にも、麗菜のように憧れを持ってパリにやって来て、様々な仕事についている先輩の日本人は多い。

こうして1年近くが経った頃、一応挨拶や決まり文句、簡単な日常会話くらいでは、ほぼ不自由を感じないレベルとなりました。休みの日には、博物館や美術館、公園、カフェやビストロなどをせっせと巡り、そのたびに多くの発見や驚きがあって、まったく退屈することがない。ヨーロッパの文化に直接触れたいと願っていた麗菜にとっては、めくるめくように楽しい日々。

(思い切って来て良かった。ほんと、大正解!)

しかし――

順調に思えた留学生活、同じ人間の住む国だし、親や知人があんなに心配することも無かったのだ、みんないい人ばかりじゃないか、と甘く見たのが油断だったのでしょう。

麗菜のように苦労を知らず、世は善意に満ちているなどと無邪気に信じている者は、見る人が見れば鴨がネギを背負ったようなもの。

行きつけの和食の店によく来ていた中年の日本人女性、店員やオーナーと笑顔で話をしていたし、自分も一、二度ともに食事をしたことがあるからと、苗字しか知らない人を疑いもせず、うっかり金を貸したのが間違いのもと。

1週間で返すからと、絵葉書の裏に住所と名前を書いて借用書とし、担保だと言って腕にはめていた時計を差し出す相手に、ご丁寧にもわざわざ銀行で下ろし、仕送り2ヵ月分以上にもあたる金を渡してしまったのでした。

その1週間が過ぎ、10日経っても連絡は来ず、大いに不安になった麗菜が葉書の住所を尋ねてみれば、そんな番地は影すらも無い。

(まさか…。いや、何かの間違いに決まってる。)

当の日本料理店に行き、顔なじみの店員に事情を話してみると、その女性は最近全く姿を見せないという。あの日を最後にドロン。

言葉には出さないにせよ、彼女を見つめる店員の眼に憐れみの色が浮かんでおり、海外暮らしにすれた大人の口車に手もなく乗せられてしまったのが、もはや明らか。

あざむかれた、とやっと気付いた麗菜が、担保の時計を質屋に持ち込み鑑定してもらえば、なんと蚤《のみ》の市にあるようなとんだバッタ物、一文?の価値もないとのこと。話にもならぬ、とばかりに突き返されてしまいました。

とぼとぼと下を向きアパートへ戻る道すがら、がっかり感とは別に、絶望というには大げさであるにせよ、途方に暮れる思いが胸の内に大きく広がり出す。大勢の人が行き交い、よく晴れて明るいはずの街路が、恐らく自分だけ、ちっともそんな風には見えない。

(どうしよう…家賃を待ってくれなんて大家に言ったら、紹介してくれた三ツ虫の人たちに迷惑が掛かるに決まってる。)

それは父親に恥をかかせる事であり、自分だって耐えられない。

（あんなワガママを言って家を出て、だまされたから助けてなんて親に言ったら、どれほど怒られるか知れないし――

もうやめて帰って来いなんて言われたら……ああ、何て馬鹿なんだろう！）

生活費をだまし取られてしまった麗菜、親に泣き付く事も出来ず、気前よく助けてくれそうな人も、小説やテレビドラマじゃあるまいし、そんなに都合よく現れるはずがない。アルバイトを懸命に探してみたけれど、学生など掃《は》いて捨てるほど多いカルチェ・ラタン地区で、そうそうすぐには適当な仕事も見つかりません。

焦りばかりが募《つの》り、キャンパス内の花壇のそば、長ベンチの端っこに座り込み、にぎやかに談笑しつつ行き来する学生や教授たちをよそに、どうしたものかとふさぎ込んでいる他はない。

『レナ、なにかあったの？　暗い顔して。』

不意に間近で聞き覚えのある声がして、顔を上げると、花壇のレンガに尻を乗せ笑みを湛えてこちらを見ているのは、同じ美術科で比較的仲の良い、やや年上の男子学生。あまりに普段と違う、麗菜の様子を見かねたという感じ。

みっともないとは思ったけれど、もはや一人で抱え込んではいられなくなった麗菜が、実は、と事情を説明すれば、少しく驚きの表情を浮かべた学生は、無言で歩み寄って隣に腰掛ける。フーム、ウーンなどと時おり声を発しつつ、しばし考え込んだあと、ためらいながらも口を開きます。

『そんなに困っているのなら――――君さえ良ければ、手っ取り早く稼げるバイトが無くはないよ。』

『え、そうなの。どんなバイト？　ね、教えて。』

『うん、あまり真っ当とは言えない、女性にはかなり勇気の要ることだけど…』

『まず聞かせてよ。』

『絵のモデルだよ。ただし、服を着てじゃない。裸で大勢の前に立つ仕事なのさ。』

『え…』

『驚いたかい？　君はとても真面目そうだものな。しかし危ないことは何もないし、僕は口が堅い方だし、お互い黙ってればそれで済むことだ。』

『でも、そんなこと…』

『君のように東洋的な魅力を持つきれいな人は、必ずどこでも歓迎されるはずさ。

　要は思い切りだよ。』

『…』

『まあどうしてもとは言わないけど、家賃を払えないぐらいなら、やればいいじゃない。アパルトマンを追い出されるよりマシだと思うけどね。

2、3日考えて、決心がついたら声を掛けてよ。』
悪気や企みなど何も無さそうに気軽な調子で言い、学生は立ち去って行く。

身動き一つせず、やや下を向き、じっと考え込んだままの麗菜。


5日ほどの後、麗菜は男子学生の運転する古いルノーに乗せられて、セーヌ河を右岸に渡ったマレという地区へと向かっています。

18世紀の末革命の火蓋が切られた、かのバスティーユ監獄があった場所のすぐ近く。昔の貴族の館があちこちに残り、瀟洒《しょうしゃ》なブティックやアトリエ・美術館などが多く、独自性豊かなユダヤ人街もあって、様々な魅力にあふれた区域だという。

シャルロという通りに車は入って行き、街路に面した、築何百年なのか、えらく古めかしい建物の前で停まる。

『ここは今、画家や写真家の卵たちが集まるアトリエとギャラリーになってるのさ。展覧会や撮影会なんかによく使われる。』

『…』

『もう迷ってなんかいないね？　けっこう沢山絵描きが集まったんだから、今さらイヤだなんて言っちゃ駄目だよ。

なに、みんな男という訳じゃなく、女性の絵描きも交じってるから、怖がらなくても大丈夫。ヘンな事には絶対ならないから。』

思ってもみなかった急な事の成り行きに、初めてお座敷に上がる舞妓さんや芸者が、こんな気分になるのだろうかなどと頭の片隅で想い描きつつ、麗菜は学生について、鉄の枠や引き輪も重々しい館の扉をくぐる。

歩くのも辛くなるほどの緊張感や怖れとともに、どうした訳か、何かワクワクする高揚感や期待のようなものがあるのも否めない。それが不思議で、何なんだ自分はと思ってしまう。

小さな窓一つに、古びた木の椅子とテーブルがあるだけの薄暗い一室へ麗菜を導くと、学生は、

『そこにあるガウンに着替えて、ちょっと待ってて。すぐ戻るから。』

と言いざま足早に出てゆく。

服も下着も全部脱ぎ捨て、置いてあった赤いガウン一つを身にまとい、椅子に座ってじっと待てば、これから法廷に引き出されるか死刑執行になるか、それに劣らぬほどの哀れさを自分に覚え、思わず涙がにじみそう。

が、そんな惨めな気分にとらわれる自分に、急にムラムラと反発する思いも込み上げます。

(――――もう仕方がない。それに、フランスへ行くためなら夜の街でも働く、なんて言

ってたんだし。今さら悔やんで何になる。弱虫！）

べつにヌードダンサーだの娼婦になるわけじゃない、などと自分に言い聞かせていれば、ギギ、とドアが開き、顔をのぞかせた学生が、何も言わずに眼でうながす。

小さくコクリとうなずくと、立ち上がった麗菜は廊下に出、先ほどとは打って変わったしっかりとした足取りで、ダンスフロアか宴会場のように見える広いホールへと入ってゆく。

高く長い、すべての窓は薄いカーテンが下ろされているけれど、強い陽射しがそれを通して入り込み、暗い部屋から出て来た麗菜の眼には、まぶし過ぎると思えるほどに中は明るい。四つ足のソファーが一つ置いてあるだけの半円形の壇に昇り、ホールの内を見渡せば、およそ10人近くの若い、男女取り混ぜた画家の卵たちが無言で彼女を見つめている。

さあ、と学生にうながされた麗菜は、もはや恐れる様子もなく身をよじり、はらりとガウンを床に落とす。

モデルおよびキャンバスに向かう画家の卵達、単に描かれる対象と観察者の関係ではなく、見る方と見られる方の数メートルの空間に、互いのときめきや関心、あるいは欲望なども様々に交錯する。

現に、麗菜が求められるままゆるゆると、ソファーの上に横たわれば、女性はともかく男達の眼付きが明らかに変わります。隠そうとしてもはっきりと浮かぶぎらつき、物欲しそうな色。伸び上がって眺めたり、ポカッと口が開く者も。

そういった男達の反応が、心に余裕を持ち始めた麗菜には必ずしも不快ではない。

内心の思いなど、むろんうかがい知れるはずもないにせよ、彼らの見せるそれぞれの仕草は少なくとも無関心ではあり得ず、自分を女として意識し、興味を示しているのは一目で分かる。胸や腰の辺りに集まる視線が突き刺さるように思えるほど。

(どうやら自分には、描かれるに足る魅力があるらしい。醜ければそもそも、こんな話は来ないのだろうし…

こんなに熱っぽく人に見られるなんて、今まであっただろうか。)

再びソファーから立ち上がり、要求に応じて向きを変えたりポーズを取ったりするうちに、麗菜の頬に赤みが差し、眼がきらきらと輝き出す。背中を向けて首だけ斜めに振り返り、やや尻を持ち上げてみれば、フウ、と男達からため息や声が漏れる。

時に休憩を入れつつ3時間ほどが過ぎ、初めから終わりまで描く者と描かれる者に、リクエスト以外の言葉のやり取りも無く、一切が終了。必要なこと以上にあえて踏み込む事も無い、と互いに了解していたのでしょう。

部屋に戻って着替え、館を出、車に乗り込んで走り出すまで、麗菜と件《くだ》んの学生もずっと口を開かぬまま。

通りを戻り始めて3、4分ほど経ってから、ようやく学生が左手でハンドルを握りつつ、右手でゴソゴソと内ぶところをまさぐって、

『はい、これ。』

と、取り出した封筒を彼女に渡す。

悪い事をした訳じゃない、と学生はもちろん麗菜もそう思い始めているにせよ、気恥ずかしさや後ろめたさが全く無いとも言えず、結局、麗菜の住むアパートに着くまでの間、会話らしい会話は一度も無かったのでした。

長い一日を終え、階段を最上階まで昇り住みかへ戻った麗菜は、部屋の角に置いてあるベッドの端に腰を据え、ふー、と大きく息を吐く。窓から見える教会のとんがり屋根、茜《あかね》色に染まった空が、安堵感に加え、若干の寂寥感をも引き起こす。

(恐れるほどの事も無かったな。終わってみれば…)

手には、初めて自分で稼いだ金の入った封筒を、ずっと握りしめたまま。

むろん人に自慢できるまともな仕事とは思わないけれど、恵んでもらったのでも盗んだのでもない、ちゃんとした報酬なのだ、と何か達成感に近いものがある。

それにしても、人前で一糸まとわぬ姿となり、立ったままポーズを取ったりソファーに寝そべったり――幼い頃から絵が好きで、裸婦像などは普通に目にしていたけれど、こ

ういう事をするのは特別な人で、まさか自分がやるとは考えてもいなかった。

(まったく、なんて奇妙な成り行きだろう…)

かなりの間、茫然と不思議な気分に浸っていたけれど、緊張感や高揚感が交錯したせいか体じゅう汗ばんでしまったので、再びベッドの上に着衣を脱ぎ捨てた麗菜は、早くさっぱりしたいとシャワー室へ飛び込む。

しばしあって、タオルで体を拭きつつ出て来た麗菜の眼が、姿見に映る自分の裸身にふと止まる。

(ふーん…確かに、悪いスタイルじゃないな。)

背が高すぎる、と自分ではずっと思っていたけれど、こちらでは別にそうでもないし、むしろすらりと伸びた手足に美しさや優雅さがあるように見える。

何しろまだ21、肌には張りがあるし、腹回りや腰に線の崩れたところも見当たらない。

バストやヒップも、人並みというのがどの程度なのか知らないにしろ、鏡に映るのを自分で眺める限りかなり豊かで、丸いカーブが女性らしさを、どうだと言わんばかりにアピールしているかのよう。

(これなら、男性たちの眼の色が変わったり、見とれたりするのも無理はないかな…)

その後しばしば、麗菜は声が掛かるたびこのバイトに出かけるようになる。未知の事も、一度経験すれば怖さも薄れるし、慣れも出て来ます。

何しろ楽だわ、手っ取り早く金は入るわ、自分に向けられる異性の熱い眼差し、同性の羨望に満ちた視線も、不快どころかむしろ全く逆。最初の時、着替えた直後あれほど強かった惨めな思いや挫折感も、麻痺というよりほとんど消えてしまっている。

アパートの家賃も無事に払うことが出来、親や知人に迷惑をかけずに済んだと大いに安心しつつあった、ある日のこと。

大学で美術の講義を受けたあと、麗菜は唐突に教授から、話があるから即刻部屋へ来い、と命じられたのでした。

ぞろぞろと教室を出る他の学生をよそに、一人何だろうといぶかしむ。

(用があるなら、ここで言えばいいのに…。みんなの前では言えない事なのか?)

もしや、と内心の不安におののきつつ教授の部屋を訪ねれば、入学以来ずっと親切にいろいろと教え、目をかけてくれていた教授が、別人のように冷めた顔を向けてくる。無言のまま、しばし彼女を見つめます。

『レナ、なぜ呼ばれたか分かるかね。』

『いえ…』

緊張し切って立ちすくむ麗菜と、切り出したものの、そのあとを続けるのが苦痛らしき教授、4、5秒の空白。

『こんな話をせねばならんのは、私としても非常に残念だが――君があちこちのギャラリー等に出かけ、どんな事をしているか、私の耳に入ったのだ。』

『え…』

『スキャンダルとまでは思わんが、良くない噂だ。思い当たるふしはあるかね？』

『…』

『弁明しないのか？』

どうやら半信半疑だったらしい、丸い眼鏡になで付けた髪、モロトフを彷彿とさせる整った口髭に威厳のある、50代前半の教授。

彼女の表情と絶句した様子を見て、噂は本当だったと悟ったらしく、天井を見上げ、はー、と一息吐いて肩を落とす。

『レナ。私も美術に長く関わって来た以上、そういう仕事をする女性たちを否定する訳ではない。しかしそれは、普通の仕事に就けない女性、あるいは画家と特別に親しい関係にある、妻とか恋人などがやむを得ずにする事だ。

フランスは自由の国だし、考え方が人によってそれぞれなのは当然としても、私個人としては、教え子からそういう者が出るのを望まない。分かるかね？　私の言う事が。』

『はい…』

ごまかしたりとぼけたりなどは思いもつかず、麗菜はひたすら身を縮めるのみ。そんな厚かましさが身に付くような育ちではない。

だいたい、嘘をつこうなどとすれば、目の色や声の調子に必ず出てしまうのを、自分でも分かっています。

『君はもともと、日本でもかなりしっかりした家に生まれた娘だと聞いている。どういった事情で始めたのかは知らないが、もうやめて貰いたい。他の学生に伝わった場合の影響を考えても、私としては見過ごす訳にはゆかぬのだ。』

コツコツと指で机の端を叩きつつ、怒りの感情こそ見せないものの、妥協を許さぬ口調で語る教授と、下を向き唇をわなわなと震わせて泣き出さんばかりの麗菜。

最後に、ふっと表情を緩め声を和らげ、教授が諭す。

『君も、遠い国から来て随分頑張って来たのだから、今回だけは大目に見よう。ただし、次は許さんぞ。いいね？』

『すみませんでした、先生…』

小さくうなずき、もういいよ、と教授が手で示せば、とてもじゃないがいたたまれない様子の麗菜は、ぺこりと一つ頭を下げ、逃げるように部屋を出る。

教授に叱られて一月ほどが経ち、授業も人に会う予定もないある日、麗菜はカルチェ・ラタンのムフタールという通り、お気に入りのカフェで、一人のんびりと過ごしています。

入口の外に置かれた丸いテーブルに着き、店内から流れるボワイエやドリス・デイなどのオールド・ナンバーに耳を傾けていれば、よく晴れた天気と相まって実に心地良い。

あんな事があってもへこんだ気分は2、3日でどこかへ行き、何も無かったように授業にも出ているし、まったく何と言うかケロリとしたもの。

例のバイトをさすがに続ける訳にはゆかないけれど、これまでに、騙《かた》り取られた仕送り分を埋め合わせるほどには稼げたし、留学生活は元のペースに戻っています。

切羽詰まっていたとはいえ、よくあんまでしたものだと自分でも呆れるものの、落ち着きを取り戻した今では、人に堂々と語る事ではないにせよ、滅多に無い経験をしたようにも思うのでした。異性が自分をどう見ているか、20歳過ぎにもなってあまり意識もしていなかったにしろ、変な意味でなく、何か自信らしきものが芽生えている。

『ケ・セラ、セラ…』

明るく張りのあるドリス・デイの歌声が、偶然にせよ今の心境にぴたりと当てはまるようで、なるようになる、といった考え方が意外に深いもののような気がします。

(ひょっとして私は、もともとラテン系の性格なのかな。少なくとも、あまり慎重じゃなく、知らないことにすぐ飛び込んじゃうし。

ノーテンキって思われるかも。はは…)

とりとめも無くいろんな思いに浸っていた麗菜、何を見るとも無しに、ふと通りの風景に目を向ける。

ブティックや宝飾工房、アイスクリームの店、リヨン料理店やワインバー、書店や靴屋などが軒を連ねる前を、パリジェンヌはむろんのこと、観光客らしきアジア系の人や身なりの良い紳士、学生、白い人も黒い人も、子どもも老人も――日本のビジネス街の、ネズミ色や紺のスーツ姿ばかりが目につく単調さとは比べるのがそもそもおかしいにしても、実に様々な人々が行き交う光景は、30分や1時間眺めていても全く飽きが来ない。

18世紀か19世紀にタイムスリップ出来たなら、きっと石畳の道を馬車がガラガラと走り、貴婦人が日傘を差して歩き、花売り娘や大道芸人がさらに彩りを添え、さぞ、今とは違った風情があるだろうなあ――そんな事を思い浮かべつつゆったりとくつろぐ麗菜に、唐突に後ろから、

『やあ、マドモアゼル。お一人ですか？』

と声を掛けた者がいる。

振り向けば、どこかで見覚えがあるような無いような、20代前半と思われるひょろりとした男が立っています。

『レナさんでしょ？　こんな所でまったく奇遇だ。

あなたが絵のモデルをつとめた場に、僕も2回ばかり行ったんですよ。』

『あ…』

『この頃やらなくなったと聞いて残念です。とても綺麗でエキゾチックで、魅力ある人だなあって思ってたのに。』

そう言うと男は、同じテーブルの別の椅子にさっさと腰を下ろし、何の悪びれる様子もなく、ニコニコと彼女を見つめます。

真っ昼間、他の人に聞かれるかも知れないのに、大っぴらには言えない自分のバイトについて語る男に、もちろん麗菜はとまどうものの、逃げ出したくなるような危険さや怪しさをこの男からは感じない。

『そう――2回。私全然、その場にいた人は覚えてないんだ…』

自分の裸を2度も眺めたという男と、こうして日常の場で顔を合わせているのは、実に場違いといおうか現実とは思えない気分。

しかし男に、それをタネにゆすろうとかたかろうとする意思は無さそうだし、いやらしい感じもせず、何か秘密を共有する者どうしひそひそと打ち合わせでもしている気がします。

『僕は風景画や静物画ばかり長く描いてきたけれど、オリエントの美人がモデルをやるから、是非来てみろと言われてね。

いやあ、感動したよ。大まかに何枚か描いたデッサンに、いま色をつけているところなんだ。』

『へえ、見てみたい気もするな。あなたも、プロの画家になりたいの？　学生？』

『いや。学生じゃなく、働きながら趣味でやってるだけだよ。大学で美術を専攻するなんて、そんな余裕のある家に生まれたわけじゃないんでね。』

『そう…まだ名前を聞いてなかったわね。あなた悪い人には見えないし、良ければ教えて。』

『マルソー。ジャン・ジャック・マルソーさ。』

『ジャン・ジャック――マルソー？　なんかいたね、そんな人。昔。』

『ははは…冗談だよ。本当は、ピエール・ハッサン・マルソーっていうんだ。』

『ふーん？　ハッサン…』

同じ美術好きのゆえか、男の雰囲気やかい間見える人柄と波長が合うのか、向こうはともかく自分にとってはさっき会ったばかりの相手に、いつの間にか気を許し友人どうしのように話し込む麗菜。

縁は異なもの、ことに男女の仲は、いつどこでどんな出会いや運命が待っているか、神様にしか分からない。

『あなた、髪も眉も黒いのね、私と同じに。眼も青くないし。なんだか安心するわ。』

『そりゃあ、僕の親父はアルジェリアから来たんだもの。母親はボルドーだけどね。

アルジェリア人の方が、遺伝子とかＤＮＡなんかが強いのかよく知らないけど、親父によく似てるって言われるよ。ははは…』

『あ、アルジェリア。前はフランスの領土だったっていう…』

『まあね。』

属領とか植民地支配とか、人種の話は微妙で複雑ではあるけれど、マルソー君の口調に何の屈託もないし、麗菜も別段言いづらそうではない。そもそも彼の外見が、ヨーロッパ人そのものでないのは誰の目にも明らかだし、この国で北アフリカ系の人など珍しくもありません。何しろ地中海をはさんで対岸どうし、人の行き来は昔からのこと。

それでも2人とも、心の奥底にはやはり、ふだん意識しているかどうかは別として、自分はマイノリティーなのだという思いがあるのでしょう、同病相憐れむとまでは言い過ぎかも知れないにせよ、互いに強く親近感を覚えるよう。

美術に限らず、家族とかこれからの夢など様々に語り合い、1時間半も過ぎた頃、ようやく話題は尽き沈黙が訪れる。

『僕は週に5日、近くのマルシェ(市場)で働いてるんだ。気が向いたらのぞいてみてよ。』

『うん、楽しそうだね。休みはいつ?』

『○曜と△曜。』

立ち上がり、じゃあまた、と言い残し人込みに交じってゆくマルソー君の背を、好意のこもった眼で見送る麗菜。うふ、と小さな声が喉から漏れる。

しかしまだこの時は、ゆくすえ彼とフランスから日本まで、離れることのない深い間柄になるなどとは全く予感もしていない。

翌週、朝から陽が暖かく、風も穏やかな一日。もう明け方近くから、屋根か窓枠辺りに留まっているらしい、鳥たちの声が実にかまびすしい。さえずりがちらほら聞こえる程度ならともかく、何を興奮しているのか間近で大騒ぎされるのは、最上階に住む麗菜にとってはかなりの迷惑。

(あーあ、しょうがないな。起きよう起きよう。)

はー、と一息ついて上体だけベッドに起き上がれば、東に向いた窓でもないのに、カーテンの隙間から差し込む陽射しははや、思わず眼を細めてしまうほどに強い。

床に座り込んで目覚めのコーヒーを飲みながら、しばらくはぼーっと過ごす。

が、こんな良い日和に部屋に閉じ込もっていてはもったいない気がした麗菜、さてどこへ行こうかと考えるうち、マルソー君の言葉がふと浮かぶ。

(今日は、彼の来てる曜日か。)

一、二度何かを買ったことがあるだけで、これまで通り過ぎるばかりだったマルシェを、ゆっくり散策してみようと思い立ちました。

寒くない程度に服を着て、多少の金を身に付けたほか何も持たず、急勾配の古い階段を一歩一歩慎重に下り、アパート外の路上へ出る。仕事や家庭に縛られず、自由に青春を謳歌する麗菜、足取りも軽く気ままにどこでも出かけます。

いつまでいられるか分からないけれど、どれほど歩き回っても見尽くせないほどに、店も通りもいろんな建造物にしても、魅力にあふれたこの都市の景色に少しでも触れておきたい、と思わずにはいられない。

(いつかは日本に帰るのだろうから——お婆さんになってもいろいろ思い出せるように、何でも見ておこう。子どもや孫に聞かれるかも知れないし。)

とは言えすぐ、そんな遠い将来の事が今から分かるものかと気付いた麗菜は、時にあらぬ方向へ想像が飛ぶ自分がおかしいのか、道をてくてく歩みつつ、思わず噴き出しそうになる。

(あはは…彼氏もまだいないのに、気が早いか。まして結婚なんて、するのかしないのか——絵にばっかり夢中になって、今まで恋愛の経験もろくに無いのに。)

ヘンな女、と我ながら思ってしまう。中学や高校の同級生たちは、寄るとさわると誰に彼氏が出来たとか、恋愛運がどうの理想の相手がこうのとばかり言っていたのに——

(まあ自分は、どこか人とは違うのだろう。でも別に構いはしない。

いきなり日本を出てフランスに来たのから始まって、知らない女性にお金を渡しちゃったり、裸で人の前に立ったりしてて——何を今さら。)

そんな軽はずみでおバカな自分が、大学を追い出されもせず他にさしたるアクシデントも無く、何とか続けていられるのは、生まれつき運が強いのかも知れない——今のところは。

とつおいつ考えながら歩くうち、人の姿が急に増え飛び交う声がしきりとなって、気付けば目指すマルシェの端まで来ておりました。

主婦らしき人や若いカップル、プロの料理人風の人などがさまざまに行きつ戻りつし、実ににぎやかな光景。

まず目に入ったのは、頭上にずらりと生ハムが吊り下がり、牛・豚はもちろん、鴨やガチョウなど各種の肉をぎっしりと台上に敷き詰めた肉屋。台の中ほどに、何メートルあるのか、蛇がとぐろを巻いたような腸詰めのソーセージがひときわうず高い。他にもフォアグラやらエスカルゴやら、この店だけでもしばらく退屈しそうにありません。

隣の店にはパルミジャーノやカマンベールなど、鏡餅のように大きなものからケーキと見まごう柔らかそうなものまで、地方色豊かな種々のチーズがてんこ盛り、立ち止まっただけで鼻を刺激する入り混じった匂いに、慣れない麗菜は頭がくらくらしそうです。

(やっぱり美食の国だなあ。お肉もチーズも、ワインだって、初めて出合うものがこんなに…。全部食べてみようと思ったら、いったい何年かかるだろう。)

好奇心のままに一店一品一品、浮き浮きわくわくしつつ眺めてゆき、30分も過ぎた頃、色とりどりの野菜や果物が並ぶ、簡単にテント屋根を張っただけの平べったい一角で、ふと足を止める。

（へえー、ここも面白そう…）

絵描きの卵としては、スケッチ・ブックを取りに戻り、いろいろと描き留めておきたいほど。日本で見たことのない野菜や果実を顔を寄せてしげしげと眺めるうち、少々だるくなった腰を伸ばそうと左手を後ろに回し、うーん、と上体を起こしてみれば。

目の前のレタスの葉かげから、何かがモゾモゾと顔を出す。

『？』

よくよく見るとそれは、葉をかじりつつ成長してきたのであろう、太った青虫。うにょうにょと這う姿に、ぞっと背筋へ悪寒が走り、全身に鳥肌が立つ。

『ぎゃーっ！』

跳び上がって2メートルほども後ずさった麗菜を、何事が起こったかと周りの人々が一斉に振り返る。

と、

『うはっ。はっはっは…』

台の向こう、テントの下からたまりかねたような笑いが上がり、どうにか気を取り直した麗菜が目をこらすと。

そこにあったのは、赤くなって大口を開け笑いつつ、彼女に視線を注いでいる、見知った顔。

『あっ、ピエール。いやだ、ずっと見てたの？』

『ははは、あんまり一生懸命野菜を観察してたから、邪魔しちゃ悪いと思って。よく来てくれたね。』

『恥ずかしいじゃない、もう。でもあなた、ここで一人でお店やってるんだ。えらいなあ。』

マルソー君と並んで立ち、この市場について詳しく聞かせて貰ったりなどしばし談笑していれば、近くであれこれと野菜を眺めていた中年の男性から、

『お嬢さん、アンダイブを５つ。』

と声がかかる。

『じゃあ私は、そのレンズ豆を。』

と、その隣にいた女性も。

『え…アンダイブ？　レンズ豆？』

そう言われても、レストランやビストロで出された料理をうまいうまいと食べて来ただけで、フランスの農作物の名などほとんど知らない麗菜は戸惑うばかり。台の内側、紛らわしい所に立っているのが悪いとはいえ、そもそもこの売り場の店員ではない。

むろんこれにはマルソー君がてきぱきと対応したものの、ピーク時を迎えつつあるのか、マルシェ全体もさることながら、店にもにわかに人が増え始める。

『さあ忙しくなるぞ。しかし、レナがここに立ってると、輪をかけて人が寄って来るね。コンパニオンじゃないけどさ（笑）。悪いけど、少し手伝ってくれない？』

『いいけど――私何も分かんないよ。』

どれがブーケガルニでルッコラでローリエやら、ハーブや茸《きのこ》もさまざまな種類があるし、まるでチンプンカンプンの麗菜はやむなく、釣り銭を渡したり袋詰めなどに専念することにします。

明るく暖かい陽気に誘われてか、麗菜と同様多くの人が外へ出たいと思うのでしょう、さばいてもさばいても客足は途絶えず、長いこと絵を描くばっかりで、こうした仕事の経験などまるでない麗菜にとっては嵐のような一時。２人で目を吊り上げ髪を振り乱し、まさに大わらわ。

それでも昼下がりを少々過ぎた頃、台上に並べた野菜も果物も、ほとんどが売れてしまいました。やれやれ、と丸いパイプ椅子に座り込み、マルソー君は呆れ顔。

『いやあー、驚いたな。レナがせっせと働いてると、やっぱりモデルだったから、絵になるのかなあ（笑）。

こんなに売り上げが出たのは久しぶりだ。助かったよ。』

『あはは、良かったじゃない。』

『幸運の女神みたいだな。次はバイト代を払うから、また手伝ってくれると嬉しいんだけど。』

『うーん、そうだなー…。授業がなければいいよ。』

帰り際、残ったものからトマトや洋梨などを袋一つ分おみやげに貰い、人の役に立てたという思いとも相まって、上機嫌で麗菜は戻ってゆきました。

その後約束通り、都合のつく日はなるべく、マルソー君の青果店を手伝うようになった麗菜。お客が増えるし楽にもなるけれど、そんな損得よりも彼女と2人だけの時間が持てるのが、マルソー君には何より嬉しい。

バイト代に関しても、おっとりした育ちの麗菜は要求がましい事を何も言いません。一時モデルのバイトもしたけれど、初めて世間並みの、後ろめたさの無いまともな仕事といった実感が、働くうちに少しずつ、麗菜の心に自信をもたらすよう。全面的に親の仕送りに頼っていた留学生活が、こうして自身でも働くことにより、金銭面でも社会経験においても、ますます充実したものになる。

むろん絵の勉強に怠りも熱意にかげりもないけれど、空いた時間は気ままに過ごしていた日々、カフェや美術館、史蹟めぐりなどは楽しかったには違いないにせよ、頑張って稼ぎかつマルソー君という友人の助けとなることに、まったく別の喜びや張りを覚えるのでした。

中学の頃からずっと、ほぼクラスメイトや美術仲間、和食の店程度に対人交流の限られていた彼女が、売り場で様々な人種や年齢の、初対面の客と気後れもなく話をし、冗談を言い笑い合う事は、大げさかも知れないにせよ彼女にとっては明らかに、視野を広げ人柄に幅を持たせる体験となる。

顔なじみの客が何人も出来、

『やあ！　元気かい、お姉さん。』

『今日のおすすめは何？』

などと気軽に声を掛けられるようになり、それで何がしか野菜が売れたりすると、徐々に自分が欠かせない存在になりつつある気もします。若い夫婦が頑張っている店、と思い込み微笑ましげに眺める人達も結構いたりして、それがまたマルソー君にも麗菜にとっても悪い気がしない。

こうして、出会った当初から馬が合い、互いに憎からず思っている男女が、同じ仕事場で助け合いつつせっせと働く。親密さが増さない方が不思議なくらい、なるようになってしまうのは、自然の成り行きか。

仕事終わりや休日に、食事に行ったりイベントに出かけたり、そのうち麗菜の部屋へマルソー君がやって来て一緒に過ごすようにもなりました。

彼は知らず麗菜にとっては初めての恋人、奥手と言おうか恋愛にあまり関心が無く、高校時代などは、男とは女でない生き物の事だ、ぐらいにしか思っていなかった彼女にすれば、人生が一変したように感じるのも無理はないでしょう。

絵の勉強、青果店における多くの人とのふれ合い、そして恋人。

(これ以上何を欲することがあるだろう。

――プロの画家になれる見込みはついたのか、って？　もちろんいずれはそうなりたいけど、まだまだ修業中の身だし。)

マロニエの並木道や植物園を2人で散歩したり、部屋で音楽を聴いたりいろんな話題にふけっていても、ふと麗菜はそう思う。

(私はまだ22…今の時点であれもこれもなんて、バチがあたるかも知れない。)

せっかく仲良くなったのだから、モン・サン・ミッシェルでも南仏でも、いろいろ行って思い出を作りたいと思わないではないけれど、時間や費用が取れないし、近場で過ごしていても充分に楽しい。

当たり前の話だが、あらゆる面で理想や欲を追い求めたりすれば、それこそ切りがなくなってしまう。

(今のところ大きな不満は無いのだし、ワガママを言って困らせないようにしよう。

この人は私のようなスネかじりとは違う――母親や弟を、家族を支えなきゃならないんだから。）

　そんなある日。マルシェでの仕事を終えたあと、途中で飲食物を仕入れ麗菜の住むアパートにたどり着いた2人が、多少疲れもあるのでしょう、何をするでもなくのんびりと過ごしています。

　それでもやがて手持ち無沙汰になったと見え、大あくびを一つしてのそりと立ち上がったマルソー君が、部屋の隅に置いてある本棚へ向かって座り込み、シャガールの画集や美術雑誌などを手に取ってはパラパラめくったり見入ったりし始める。5、6冊も取っかえ引っかえせわしなく眺めるうち、ふと何かを思い出したように雑誌を床に置き、おもむろに口を開く。

『ニホンって、どんな国？』

え？　と顔を向け、よく聞こえなかったらしい麗菜に、もう一度同じ言葉を繰り返す。

『どんな国って――何が知りたいの？』

『住みやすさとか食べ物とか、建物や風景とか…いろいろあるじゃない。』

『そうね…私の国は、大人しくて親切な人が多いし、どこの国の料理も大体食べられるし、住みやすいとは思うけど。治安もいいしね。

　そうそう、家だけは小さくて、初めての人は窮屈かも知れないな。』

ベッドの真ん中辺りに腰を掛け、爪にマニキュアを塗っている麗菜に、座ったままもそもそと近づくマルソー君。何を確かめたいのでしょう。

『頑張って働けば何でも買えるって聞くし、テンプラとかヤキトリとか、うまい物がたくさんあるっていうし。もちろんフランスが劣るとは思わないけど、また違った良さがあるんだろうな。

――それに、ニホンの女性は控え目な人が多くて、男を立ててくれるんだろ？ レナみたいに。』

『あはは――また。おだてたって何も出ないよ。まあ確かに、男性をさしおいてしゃしゃり出る人は少ないかもね。子どもの頃から、そんな事はするなって言われて育つんだもの。』

『ふーん…いい国だなあ、男にとっては(笑)。こっちの女性は自己主張が強いって言うか、付き合うの大変だものな。まあ、平等思想の本家としては、当然そうなるんだろうけど。』

『日本に住んでみたいの？ でも、あなたは長男だし、そう簡単には行かないんじゃない？』

口でそう言いつつも、徐々に目が輝いて、期待の表情を浮かべる麗菜。

『ありえなくはないよ。フランスで大戦争でも起きて住めなくなったら、避難先として。あと、火星人が襲来するとか。』

『なんだ。行かないって言ってるようなもんじゃない、もう…』

付き合いが長くなり互いへの理解が深まるにつれ、そこはやはり、結婚して家族になることを麗菜も意識せずにはいられない。

マルソー君が日本に住むのをいとわないのなら、当然その可能性は高まるはず。麗菜がフランスを去る日が来ても、一緒に日本へ戻るという選択肢が生まれ、その分支障は小さくなるでしょう。両親が、言葉も通じぬ外国人の彼を、どう思うかは別にしても。

（大学を卒業したら、お父さんもお母さんも、早く戻って来いと言うだろう――その時自分は、留《とど》まってもっと勉強を続けたい、とは言えないかも知れない。あと何年でどうにかなる、なんて保障がある訳じゃないし…

日本へ帰ると言ったら、この人はどうするのだろうか。このままフランスにいて欲しい、と言うだろうか？　それが出来ないと言ったら、別れてしまうのか、それとも…）

先ほどまでとは打って変わり、眼にもややひそめた眉にも不安そうな色がよぎって黙り込んだ麗菜を、急にどうしたのか、と不審げに眺めるマルソー君。その訳をあえて尋ねようとは思わないらしく、再び雑誌に手を伸ばしページをめくり出す。

そんな、２人にとって青春期のピークとも言うべき頃の、とある朝。

陽の差し込む窓際の、床の上にイーゼル（画架）を立て、マルソー君が絵を描いている。

チチ…と身近で響く鳥の声、窓の隙間から入り込む微風がゆらゆらとカーテンを動かす。

下絵の構図はすでに出来ており、左手にパレット、右手に筆を持ち、フーム、アーンなどとうなりつつチョイチョイと色を入れ続けます。今日は2人とも、市場も大学も休みであり、ゆうべマルソー君が画材を抱え麗菜の部屋へやって来て、一晩過ごした後、目覚めてすぐに麗菜のイーゼルを借り、こうして励んでいるのでした。

『ピエール、一服したら？』

『ん——…』

コーヒーをいれた麗菜が声を掛けても、生返事をするのみで、まったく手を休めない。

（一息ぐらい入れればいいのに…。のめり込んだらもう、そればっかりになるんだから。）

かまって貰えない麗菜は、少々不満。

（せっかく、そろって休みなのに。）

知り合う前、麗菜をモデルに何枚か描いたという絵、幾度か見たいと言ったのに、手直しがなかなか終わらないし描きかけを見られるのは恥ずかしいからと、いまだマルソー君は見せてくれません。

今回はあまり時をかけず、軽く仕上げるつもりなのか、水彩の絵の具で手早く色をつけている彼を、やむなくカーペットに座り込み、仏頂面で麗菜は眺めているしかない。

縦向きにした画用紙の左側、真ん中のやや下に小さく描かれた女性、背を向けて膝を抱え、草の上に腰を下ろしている。白いトレーナーに青いジーンズ、黒く長い髪。

その右に立つ男性もやはり背を向け、女性の肩に手を置いている。見つめ合うのではなく、それぞれ前を向き、自分の見たいものをのんびり眺めている感じ。

2人がいるのは草におおわれた小高い丘、ちらほらと黄色や赤の花が咲き、遠景には家屋や教会の、色とりどりの屋根が見える町並み、右上に燦々《さんさん》と光を放つ大きな太陽。

プロ志望の麗菜の眼からすれば何の変哲もない、素人じみた構図や色づかいにしか見えないけれど、好きな人が夢中で取り組んでいるものを、ここがどうだあそこがこうだなどと口を出そうとは思わない。

画中の男女、顔は一切描かれていないものの、男性はマルソー君自身として、女性はまず間違いなく自分であろう。まさかこの部屋で、他の女と仲良さそうに寄り添う絵などをぬけぬけと描くほど、マルソー君は図太くも悪趣味でもない。

画中の女性と同様に、膝を抱えてじっと視線を注ぎつつ、彼がどういうつもりでこの絵を描いているのだろう、と麗菜は考える。

むろん自分への愛情なり好意があるからこそだと思うにせよ、一時の気まぐれなのか、それとも彼なりの思いを存分に込め、出来上がったらパネルにして壁などに飾り、今だけでなく、年を取ってもずっと眺めていたい、なんて考えているのだろうか。

太陽から降り注ぐ光の線は、ゴッホ調の多少ごてごてした筆致に余計な力みはあるものの、明るいレモン色で画紙の半分ほども占め、丘に生えた草も薄い黄緑の涼やかな色調、絵の全体に幸福感や希望が満ちあふれ、憂いや暗さなどはみじんも感じられない。技巧を超えたマルソー君の誠実さ、麗菜とともに送る日々への喜びがにじみ出ているよう。

それが何で恋人である麗菜に伝わらないことがあるでしょう、いつの間にか麗菜はあれこれと考えるのをやめ、機嫌も直り、穏やかに笑みを浮かべて筆の動きを眺め続けます。

ほとんど言葉も交わさぬまま一方は熱心に描き続け、もう一方も座り込んで見ているだけにせよ、2人の間に気まずさや居心地の悪さなど全く生まれることはなく、安心感と信頼感でしっかりと結ばれている。もはや特にどこかへ出かけたりデートらしい事をしなくとも、それで白けたり冷めたりするような間柄では無くなりつつあるようです。

部屋に差し込む光の線のみが刻々と角度を変えてゆく、静かな一日。

九

裕福な家に生まれ、大切な一人娘だと両親や周囲から温室の花のように育てられた麗菜が、夢見る乙女そのままに何も分からぬパリへやって来て、すでに2年以上が経っています。

その間騙《だま》されて金を取られたり教授に叱られたり、小さなトラブルや不快な出来事もあったけれど、むしろ楽しい事や嬉しい事、世間を知り大人になる上で貴重な体験が多かった。いまや不自由も無くフランス語を話し、パリの暮らしにもずいぶんと馴染み、勉強にプライベートに充実した日を送る。

ただ、時おりふと、いずれ来るであろう終わりの日への不安が心をよぎります。

北欧や低地諸国に比べればずっと温暖なパリ周辺も、さすがに冬が近づくと寒風に見舞われる日が増え、ポプラやプラタナスはおおかた裸となり、路上に枯れ葉が舞う。どんよりした空に晴れ間もほとんど見えなくなった、11月の末。

百年近い歴史を持つアール・ヌーボー様式の建築、ロートレックやゴーギャンが何気なくたむろしていそうなブラッスリー（居酒屋）の一角で、麗菜の恩師、美術科教授の誕生パーティーが開かれています。

落ち着いた黒褐色の柱や梁《はり》を基調とし、蝶や花をあしらった美しいステンドグラス、壁画や天井画に囲まれた室内に、真っ白なクロスを掛けた大きなテーブルが2つ、その上に舌平目のムニエルやポトフ、豚や魚のグリル、牛肉のワイン煮込みなどの様々な料理、ビールやワイン、シャンパン等の飲み物が豪勢に並ぶ。

現在の教え子たちを中心に、教授の夫人や旧友らも含め30人ほどが参集し、一人一人が席に着く堅苦しい食事会ではなく、テーブルの周りで好きなものを選ぶ立食形式であり、最初に教授の挨拶とサンテ（乾杯）が済んでから、思い思いに輪になったり柱にもたれたり、自由に飲食しつつ歓談に花を咲かせます。

おおかたはやはりフランス人を中心にヨーロッパ系であるものの、麗菜のようなアジア・アフリカ系の「白くない人」もちらほらと交じる。とは言え「自由・平等・博愛」を旗の色にもうたう国、内心の本音はいざ知らず、表立った差別や侮辱は慎まれているのかそれとも本当に無いのか、クラスメイトどうし放課後に集ったような和気あいあいとした雰囲気。

大人たちからやや離れ、3、4人の男女とだべっている麗菜、みな年は若いわアルコールは入っているわで、取るに足らぬ話で盛り上がったり笑い転げたりと実にかしましい。

『ねーねー、スター・ウォーズの新作見た？　エピソード6。』

『あー、見たー！　面白かったけど、ダース・ベイダー死んじゃうんだよね。マスクも脱げちゃってさ。悲しいー。』

『ベイダー死なせたら、シリーズ終わっちゃうんじゃない？』

『最後、皇帝への服従と息子の命乞いの板ばさみになってさ。さんざん迷ってから、皇帝に飛びかかって相討ちになるんだよな。

俺は親子とか家族とかを強調するのはあまり見ないけど、あれは泣けるね。さすがにさ。』

映画の話をしたと思えば、話題はまたすぐ全く無関係な方向に。好奇心にも感受性にも、弾むような積極性と鋭敏さを持つ年頃。

『ところで、レナって彼氏いるの？　いないんなら立候補しようかな。』

『うーん（笑）。ないしょ。』

『私知ってるよ。時々マルシェで一緒に働いてる、あの人でしょ？』

『さあー？　どうかな？』

『またとぼけて。あんなにかいがいしく彼を助けて、息がぴったりなのは、とてもただの仕事仲間には見えないな。ね、結婚するの？』

しかしややあって。

せっかくキャーキャーわいわいと楽しくやっていたのに、飲み過ぎたらしい一人の男がいきなり輪に入ってくる。暗く見据えるような眼で、虫の居所も悪いのか、いちいち周りにからみ始めます。

『てめえら――くだらねえ事でギャーギャーはしゃいでんじゃねえ！　もっと大事な話をしたらどうなんだ。え？』

『俺達はみな、美術家志望のはずだ。じゃれてるヒマがあるんなら、絵とか芸術について語るべきだろうが！』

教授や他の大人達は、困った奴と眉をひそめはするものの、叱りつけたり追い出したりする破目となる前に、何とか収まらないかと模様を見ています。当然、こんなタチの悪い酔っ払いに関わりたい者はなく、１人離れ２人遠ざかるさまに、気分の悪い麗菜は黙っていられない。

『ちょっと。飲み過ぎだよ。もっと穏やかにしたら？』

『なにを！　大人ぶって説教しようってか。笑わせるな。』

『そうじゃないけど…』

『おい、お前金に困ってた時、俺がバイト紹介してやったのを忘れたか。一度誘っただけでホイホイ付いて来て、どこででも素っ裸になってたくせに！　それで助かっただろうが！　今さら気取るんじゃやねえ！』

はっ、と息を呑む気配が場内に流れ、とがめる声一つ出ぬままにみな表情が凍り付く。

そう、この酔いどれはギャラリーなどに麗菜を連れて行き、画家の卵たちの前に立たせたあの男、ふだん物静かで声を荒げるなどまるで無いのに、今日はどうしたことか。まったく酒は気違い水。

それでもさすがに周囲の非難の眼差しに、やや我に返り自分が口走った事の重大さに気付いたと見え、

『いや…』

と一言発し慌てて左右を見廻すものの、どう収めたものか見当も付かず、しゅんと下を向く。しかしいったん口に出した言葉は、当然取り返しのつくものではありません。

ショックのあまり呆然と立ちすくむ麗菜、なぜ、と男の裏切りに憤りを覚えるのはむろ

んのこと、さらに愕然とせざるを得ないのは、同級生らの表情や仕草。

ああ、やっぱりそうだったか――といった様子が一目で明らか。

（みんな、知ってたんだ…）

まさか教授があのバイトを喋ったとは思わないけれど、男の口か、それとも外部からの噂なのか。

（私だけがバレてないつもりで、前と変わらずやれてると…。のんきに思い込んでたのか。）

気まずさに耐えられなくなったのでしょう、周りは何も無かったかのごとく装いつつ、それぞれ別の話を始め麗菜に背を向ける。

それも無理はなく、こんな場合どう麗菜に言葉をかけるべきか誰にも分からず、教授を含む数人が、険しい顔で男をにらみつけるだけ。

白をきったり弁解したり、開き直ることも出来ない不器用な麗菜は、もはやいたたまれるはずも無く、何も言わずタタタ…とパーティー会場から走り去る。レナ、と呼びかける声が一つ二つ上がったけれど、全く耳に入っていない。


それから1時間も経たぬうち、一散に自分のアパートへ駆け込んだ麗菜は、うつぶせにベッドに倒れ込み、顔をシーツに埋めたままじっと動かない。靴を履いたまま上着も脱がず、右手にバッグの肩ひもを掌《てのひら》に喰い込むほどに握りしめています。

心の中は、恥ずかしいのか悲しいのか、それとも悔しいのか、判別もつかない感情が入り乱れてほとんどパニックに近く、涙すら出ない。

死体のごとくぐったりと、どれほど伏していたのか。やや落ち着いた麗菜、喉はカラカラでこめかみがズキズキするけれど、そんな事より途方に暮れる思いの方がはるかに辛い。

(もうとてもクラスメイトに会えない。授業にだって、どんな顔をして出ればいいのか…)

(元はと言えば、いくら困っていたとはいえ、あんなバイトに軽々しく飛びついた自分が馬鹿だった。怒られるのを気にしたり、意地を張ったりしないで、お父さんに助けてもらった方がまだ良かった。

――せまい絵の世界で、あちこち出かけて大勢の画家志望たちの前に出ていたら、噂がどこからか伝わるに決まってるじゃないか。こんな年かっこうでアジア人で、と聞けば、誰だって私じゃないかと思うはず…。だいたい、ピエールが初めから私の名前を知ってたのを、変にも思わなかったなんて…)

切りもなく恥辱やら後悔やら、この先の不安などが錯綜し、疲れ果てた麗菜はそのままパタリと眠りに落ちる。

翌朝まだ暗いうち、渇きとトイレ行きたさに目が覚めた麗菜。とりあえずトイレを済ませ、のろのろと部屋着に着替えていれば、頭からスー、と血が引くように目の前がかすむ。

(そうか、ゆうべあまり食べないうちに、飛び出して来ちゃったからな…)

ふー、とため息をついたのちパンを焼き紅茶をいれ、ゆっくり朝食を済ませ、ようやく少し落ち着くと、その後は再びベッドにごろり。

しょんぼりと天井を見上げれば、昨晩ほどではないにしろ、落胆なのか自己嫌悪か、はたまた喪失感か、いずれにせよマイナスの気分ばかりがつのります。

(あいつ、何で突然あんなこと…。僕は口が堅い、なんて言ってたのに。)

恨みを買う覚えはないいし、他の学生にもさんざんからんでいたから、よほど機嫌が悪かったとしか思えない。

でも、昨日の事があろうとなかろうと、皆自分のしていた事をうすうすは聞いていたのだ。それがパーティーの場であんなにはっきり暴露され、自分が馬鹿正直にも一言も言い返さず、走ってあの場を去ってしまったせいで、半信半疑だったかも知れないのに、確信されてしまったに違いない――

(ああ! 何て私は駄目なんだろう。でも…)

これからどうすれば良いのか?

見当もつかないけれど、一つだけはっきりしている事がある――もう大学へは行けない。

一晩中、眠りに落ちてからも頭を駆け巡っていた、どんな顔で同級生に、授業に、という思いはどう考えても変わりそうにない。ぬけぬけと出て行けるほど自分は厚顔ではないし、人前で裸になったのは、この場だけの事だ、と無邪気にも思い込んでいたからだ。

（親に無理を言って多くの人の世話にもなり、はるばる留学に来てもう2年半――せっかと言葉を覚えたり、考え方や習慣になじもうとしたり、もちろん絵の勉強も…頑張ってきたのに。）

行かないというのは、辞めるということだ。今までの時間を、せっかく積み上げたものを、無にしてしまうということだ。


その後一週間ほどもほとんど部屋に閉じ込もり、授業にもマルシェにも行かず、親にも言わず、考え、迷い、どうしたものかと決めかねていた麗菜。その間、心配した教授や他の者に様子見を託されたらしいクラスメイトが、電話を何度か寄越し直接訪ねても来た。

しかし心残りや未練とは別に、どうしても授業に行きたくないという気持ちは動かず、頑なになるばかり。

結局、素直に心を打ち明けたのはマルソー君唯一人、いったい何があったのか、と顔色を変えてアパートを訪れた彼にだけは、隠し事も取り繕《つくろ》いも出来るものではありません。

なにせ彼は、麗菜が過去にモデルをしていたのを、実際に見て知っている。

『ふーむ。じゃあレナ、大学辞めるの？』

『うん…』

『一度ぐらい嫌な事があったからって、投げ出したら勿体ないよ。何のためにわざわざ来たの――人目なんか気にせずに、続けたらいいのに。』

『…』

『卒業しなきゃ。ね？』

日本の大学を辞めるのも、フランス行きも、自分一人の意志（気分？）で決めてしまう麗菜、こういった場合、恋人でさえ翻心《ほんしん》させるのは難しい。

理想家肌というか甘やかされて育った面があるせいか、やりたい事はどうしてもやりたいし、そのくせ一度ケチがついたら見向きもしたくない。周りの者がどれほど惜しいと思おうと、イヤなものはイヤ。

損得や義理よりも情緒や思い込みで物事を決める性分、理想を求めて何度でも転々としてしまう人がいるけれど、麗菜もその典型なのかも知れません。


最後は教授みずから引き止めに動き、マルソー君も何度も説得したのに、そういった熱意や誠意を振り切って、とうとう麗菜は退学届を出してしまう。その間、両親に一度も相談も連絡もしていない。またもや無断。

頑固というか意固地というべきか、いったん思い込んだら決して妥協しない彼女の一面に、マルソー君も目を見張る思いです。

親にはしばらく黙っていることにして、その後の麗菜は、これまで通りマルシェで働くほか、パンの工房で粉を練ったり、清掃業者にバイト登録をし、ビルやオフィスへ出かけたり。時に、風景や静物を自分で描いた絵葉書を、通りに出て小さな台に並べ、道行く人に売ったりもします。それはそれで、趣味と実益を兼ねた面白い経験。

こうして、いつ大学を辞めたのがバレて万一仕送りを止められたとしても、生活を維持出来るよう様々な仕事の体験を積み、蓄財にも励むのでした。

もはやパリ滞在の目的が大きく損なわれ、横道にそれてしまった感があるけれど、マルソー君と離れたくはないし、絵の道だって独学で力をつけるのも、まだ不可能とは思っておりません。大学の免状が全てではないはず。

日本へ戻れば楽なのに、そうまでして滞在にこだわるのは、むろん恋人の存在もあるにせよ、何よりもフランスが、パリが好きだから。華やかさや活気、芸術や文化の多彩さが好きだから。

そんな生活が1年近く過ぎた頃、ついに両親から、卒業の見込みはどうか、その後の予定は、などと問い合わせる手紙が届きます。いつの間にか、すでにそういう時期。

時たま思い出したように実家へ葉書を出していた麗菜、当たり障りのない文句で濁してはいたけれど、今度こそははっきりと事実を伝えねばならない。日本にいる両親は、もう卒業帰国の日も近い、と当然ながら思っています。

ほぼ2日もかけて麗菜は、フランス渡航以来の経緯を包み隠さず便箋《びんせん》につづり、10枚近くにもなった長い返書を送ったのでした。

受け取った両親が、また辞めたのか、と驚き呆れたのは言うまでもなく、すぐさま電話や手紙で何度も戻って来いと言うし、意向を聞きに三ツ虫の社員が訪ねて来たりもしたけれど、すでにしっかりと生活の根を下ろしている麗菜は、とどまりたいの一点張り。

父親が乗り込んで来て、有無を言わさず連れ戻されるかも、という恐れは多分にあったものの、もはや20代も半ばとなった娘にそこまでする積もりは両親ともに無いようです。いかに家族とは言え、関係が決定的にこじれるかも知れません。

麗菜が今後の人生をどう定めるのか、その決着はまだ当分先。

十

その後の数年、多少の暮らしの浮き沈みを除き、これといった大きな出来事も無く、坦々と日は流れる。四季の移り変わりを何度も経て、パリでは革命２００周年の式典も間近い頃となりました。

事実上の夫婦となっている麗菜とマルソー君は、たまには口喧嘩程度のこともあるけれど、安定した穏やかな日々を送っています。マルソー君の母親や弟も、とうの昔に麗菜を家族と見なしており、買い物やピクニック、パリ祭やクリスマスなど、折々のイベントにも皆で出かける間柄。

日本であれば、仲良くなった男女には、いつ結婚するのか、式は披露宴は、籍は、と周りがせき立てて、形を整える事を迫るけど、ここフランスでは男女の付き合い方におせっかいは無用、全く個人の自由。

親が結婚を認めてくれないだの、家族の反対で泣く泣く別れたとか、婚姻は家どうしの事だとか、人権や法への意識が薄く古くさい価値観や習慣の方が優先してしまう、どこかの遅れた国とは明らかに違います。

もはや麗菜も27、絵に没頭するだけだった深窓の令嬢も、市場で野菜を売るのから始まって、他にもいろんな仕事で多くの人と関わりを持ち、当然差別もあれば人間の狡《ずる》さや醜さにも触れ、その間人並みに苦しんだり揉まれたり。それでも疲れ切るほどの年ではないし、マルソー君をはじめ幾多の好意的な人々に囲まれて、時に落ち込んだり悩んだりはあろうとも、そう簡単にくじけはしない。

この7年、恥もかき挫折も味わい、紆余曲折を経て、いまや多少の事で以前ほどには動じない、慣れと落ち着きを見せるようになりました。

法的な面はともかく、実質はマルソー家の一人として仕事や暮らしを支えるのみならず、家内の雑事や相談にも、遠慮や壁などいっさい無く力を尽くします。お客さん意識はほとんど消え、すでにフランス社会の一員であるつもり、国籍や両親の諒解など片付かない事柄がまだ残っているとは言え、この生活を変えたり捨てたりする気は毛頭ないのでした。

街路樹は一斉に緑の葉を伸ばし、公園や家屋敷の庭にも色とりどりの草花が咲き乱れ、旺盛な生命力を見せつけ始めた頃。

生き物の一種には違いない人間にも、植物と同様やはり時期があるのか、はたまた偶然か、麗菜はこれまで経験のない体調の変化を覚えます。はじめは疲れか風邪かと思っていたけれど、どうもそういった感覚とはずいぶんと異なるものがある。

(もしや…?)

マルソー君とその家族が、口には出さずとも内心期待しているのをはっきりと知りながら、兆《きざ》しすら見えないことに申し訳なさや焦りを感じていた麗菜に、ついに待望の時が訪れたのかも知れません。

ほどない晩、マルソー君にのみそっと、もしかしたらとその事を告げれば、目を丸くし跳び上がらんばかりの彼、一晩中そわそわウロウロと落ち着かず、さっそく翌日、麗菜を連れて病院へと出かけます。

『おめでとう。3ヵ月をちょっと過ぎたぐらい、ですね。』

医者の言葉を聞いた瞬間の、マルソー君の顔といったら。驚き、喜び、あるいは恐怖とも見える一言で言い表せない色を浮かべ、口がぽかりと開いて声も出ず、傍らの椅子から見上げる麗菜が思わず涙ぐんでしまうほど。

『仕事や激しい運動などはしばらく控えた方が良いでしょう。お気をつけて。』

診察のあと、看護師や事務員から今後の注意事項や手続きなどの説明を受け、今日やるべき事をすべて終え、大いにホッとして病院を出る。

麗菜に寄り添ってしずしずと、明るいマロニエの並木道を歩むマルソー君、無言で胸中の思いに浸っていたものの、ふと立ち止まってさんさんと陽を注ぐ空を振り仰ぎ、感極まったように叫ぶ。

『やったやった！　ついに…。神様、感謝いたします！

レナ、大事にしてくれよ。マルシェは俺と弟でやれるから。』

『うん、ありがとう。そんなに喜んでくれるなんて――

仕事あんまり手伝えなくなるけど、ごめんね。』

『何を言ってる。いいんだよ。』

万一麗菜が転んでは、と肩を抱くように歩き、自転車や他の歩行者が来れば前に出て、楯にもなろうとするマルソー君。

そこまでされるのは初めての麗菜、嬉しさと同時に、悪いとは思うにせよ若干のわずらわしさも無いと言えば嘘になる。

その夜麗菜は、幼い頃からの習慣通り、部屋で画集や美術雑誌を眺めています。手ではページをめくり眼を誌面に落としてはいるものの、好きな画家の作品もふだんと違って心に響かず、どこか上の空。時に顔を上げ、じっと宙を見つめたりもする。

自分の中に別の生命が宿っている不思議さ、あと半年ほどで母親になるという現実、本当だろうかと思う気持ちがぬぐい切れないよう。

待ち望んでいたはずなのに、いざそうなってみると、新たに芽生えるとまどいや不安。

(でも私も女なんだから、当たり前じゃないか。)

マルソー君だってまだ中高年というほどの年ではなく、健康そのものなのだから、なるべくしてなったのであり、何もおかしなことは無い。

しかし、これまでワガママ気ままに生きてきた自分、以前とは比較にならないとは言え、まだ軽はずみやおっちょこちょいの面が残っている自分が母親だとは。腹に手を当て、この辺かなと思うあたりをさすってみても、実際そうであるかはまるで分からない。

(気付けばもう27だもの…人並みだよ。)

マルソー君一家の、言葉には出さぬにせよひしひしと伝わる期待に応えたい、と思ってはいたものの、数年もその兆候は表れず、自分に何か問題があるのだろうかと少なからず悩みや恐れがあったけど、神様はそこまでむごくはなかった。

（生まれたら、お父さんお母さんに黙ってる訳にはいかないな。やっぱり。その子の国籍をどうするか、将来どっちで暮らすのか、あいまいになんて出来ないし。

となればその時が、ずっとくすぶっていたフランスか日本かの問題に、いい加減けじめをつける時かも知れない。）

では、このまま自分は、フランスに帰化すべきなのか。

帰化してしまい、法律上でも夫婦になるのなら、こちら側に全く問題は無い。しかしそれでは日本の両親は、家はどうなるのだ。これまで自由にさせて貰いながら、見捨てるような事をして良いのか？

もちろん、良いはずがない。親の老後の事だってあるのだ。

（自分がどうしても帰国せざるを得なくなり、ピエールがフランスを離れたくないと言うならば、子どもと２人、いや最悪の場合、自分独りで戻るのだろうか…）

考えても考えても、国際結婚や法律に詳しいわけでもないし、すべてのピースがぴたりと嵌《は》まってパズルが完成する、なんて解決法には、到底たどり着きそうもない。今まで先延ばしにしてきた問題に、急に都合良くいい方法など浮かぶものか――と気付くだけ。

はー、と一息ついて立ち上がり、おもむろにベッドに乗ると、腹部を圧迫しないようそっと身を横たえる。いつの間にか付いた癖で、じっと天井を見つめます。

すっかり見慣れてしまった板の木目・ふし、水の染みた跡。

（この部屋に住み着いて、もう長いなあ。きっともうすぐ、なんだかんだやってるうちに30になるのだな…）

こっちに越して来て、一緒に住めば？　とマルソー君や母親に言われないでも無いけれど、フランスに来て初めて持った自分の巣、何かあっても独りになれるこの空間を、そう簡単に捨ててしまおうとは思わない。

人目を気にせずボーッとしたり、静かに考える時がやはり欲しいし、窓から眺める教会や家並み、光あふれる風景や夕暮れの美しさに、どれほど心癒《い》やされたことか。7年間の様々な思い出、パリ暮らしが始まる際の胸ふくらむような喜びや期待、悲しい時や寂しい時も常に戻って来て気を休めた日々、マルソー君と2人で過ごした幾多の記憶がここにはある。

初めから据え付けてあったベッドや古びた家具、すり減って丸くなった角も一つ一つの傷も、自分や前の居住者たちが暮らした証なのだ。

（子どもが生まれたらどうなるのだろう。フランスに残ったとしても、この部屋にいられるかどうか…）

生活費は間違いなくこれまでよりかかるし、バイトもそんなには出来ないだろう。

（家賃を払い続ける余裕なんて無くなるかも知れないし、もともと学生とかの一人住まい用なんだから、子育てには向かないに決まってる。それどころか、出て行け、って言われるかも。）

通い婚のようだったこれまでの生活は、もう終わりに近く、青春期の思い出として残るのみになってしまうのか。

翌日から麗菜は、清掃業などのバイトは当分休むことにして、書店で出産・育児関連の本を探したり、散歩がてら赤ちゃん用品の店を覗いてみたり、あとは日常の雑事で日を送るようになる。

無理をするなと言われているけれど、時に青果店に顔を出し、知り合いの客の相手をしたり軽く手伝ったりもします。安定期までが大切なのだから、と周囲が気を使い、とりわけマルソー君はハラハラする様子であるものの、やはり男兄弟だけよりも麗菜が売り場にいる方が、お客が気軽に寄って来るし、場も明るい。

『おめでたなんだって？　レナ。良かったね。』

『男か女か、もう分かってるの？』

古なじみの客と話していれば、もちろん出産や子育ての経験などいろいろ教えて貰えるし、気も楽になり、部屋に閉じ込もっていたり退屈しのぎに近所を歩き廻るよりよほど良い。

髪を後ろで束ね、もう三十路も見えてきた麗菜、すっかり世間に慣れて人当たりに長けた様は、もはやおかみとか女主人といった存在にさえ見える。

内側には多分にお嬢さんっぽさを残しているにしても、月日や年齢は、誰に対してもいささかの容赦もない。


そんな生活を一月ばかり送った、ある日のこと。

体調が悪くもなく、自分だけ楽をしているのに引け目を感じた麗菜は、弟の都合が悪かったこともあり、やはり行かねばと市場に向かい、マルソー君の店を手伝っています。

雨は降らず風も微か、寒くもないので、まあよかろうとマルソー君は思ったよう。

まだお腹がせり出している訳でもないし、麗菜の動きに支障はなく、なにせもう5～6年もやり慣れた仕事。何の問題も無くいつものように野菜と果物をてきぱきと売り、日銭を稼ぐ。

ところが。

今日もあと1時間ほどで終わりだと、少々ホッとし始めた頃、ぶらりとマルシェの端に、おかしな風体の2人連れが現れる。かなり酔っているらしく、大声でわめき通行人にからみつつ、徐々にこちらへ近づいて来ます。

単純粗暴の匂いがぷんぷんする短髪で肌の白い男達、ごつい長靴に鋲《びょう》を打った革の上下、虚仮威《こけおど》しにしか見えないブレスレットやたすきにした鎖､首や頬に彫られたタトゥー、仰々し過ぎるほどのいきがった格好は、誰が見てもネオナチか極右か、白人至上主義の危ない奴ら。世に不満を持つはみ出し者。

そ知らぬふりをするマルソー君らを見つけると、わざわざ近くに寄って来て酒臭い息を吐き散らし、嘲《あざけ》るような眼でじっと見据えます。

『おい、お前《めえ》。北アフリカか、混血か。』

『…』

『誰に断ってここで商売してやがる。あ？　お前らが来るから俺達の仕事が無くなるんだ！　盗人野郎が！

――黙ってたんじゃ分からねえぞ。』

『俺はフランス生まれ、フランス国籍だ。正式に許可を貰って、もうずいぶん長くやってるよ。別に不法じゃない。』

『俺達が許してねえと言ってんだ！』

野菜を眺め選んでいた客はたちまち皆逃げ散って、己の威勢に気を良くしたか、２人はますます頭《ず》に乗ってわめき、ついには商品を放り投げたり踏んづけたり、台を足で蹴飛ばしたり。

『やめろ！　何をする。お前ら気違いか！』

たまりかねて飛び出すと、マルソー君は男らの前に立ち塞がる。思わず駆け寄ろうとする麗菜に、来るな、離れていろと目で伝えます。

ややや後ずさって様子を見守れば、二言三言やり取りのあと、激高した1人がマルソー君の胸ぐらをつかむ。

『やめて、何なのよあんた達！』

夢中で止めに入ろうとした麗菜に、

『うるせえ！　黄色い女！』

もう1人が恐ろしい眼つきで向き直ると、何のためらいも無く、思い切り右の長靴を蹴り上げる。走り寄った麗菜の勢いと相まって、事もあろうに、長靴はドスンと重く麗菜の腹にめり込んだのでした。

『ぐえっ…』

すさまじい痛みと衝撃が全身を貫いて、ぐらりと前にのめった麗菜は、そのまま地に倒れ伏してしまう。ひくひくと痙攣《けいれん》する手足。

『あ、あ――レナ！　…この野郎っ！』

鬼の形相と化したマルソー君が男らと激しくつかみ合い、おめき叫ぶところへ、駆け付けた警官数人が割って入った時にはもはや、麗菜はピクリともせず気を失ったまま。

いったいどれほどの間、そうしていたのか――

物音ひとつせず、光のかけらも無い。

どういう訳か水底《みなそこ》で、背中側を柔らかい泥に埋め、目を閉じたまま仰向けに、朽木のように沈んでいる麗菜。身には布きれ一つまとっておらず、これまたなぜか十代の少女の姿に戻っている。

底を這うゆるやかな流れに、髪がなびいて引っ張られる感触を覚え、ふと瞼を開いてみれば、やはり視界全体に漆黒の闇が広がるばかり。

（どこだろう、ここは…。なぜこんな所に？）

冷たい流れが体を撫《な》で続け、自分が水中深く沈んでいるらしいとは察するものの、不思議と呼吸は苦しくない。

だんだん暗さに目が慣れて、間もなく視界の片隅に、オーロラの裾《すそ》のごとくゆらめく細長い光が現れて、海蛇かベリー・ダンサーのようにくねりつつ、徐々に徐々に近付いて来ます。

（あ！　リュウグウノツカイ？　そうか、ここは海の底なんだ…）

その生き物は、お前より私の方が上だ、と自らの美しさを麗菜に見せつけるかのごとく、しゃなりしゃなりと真正面までやって来ると、胸びれや背びれをひらひらと動かしつつ百数えるほどもとどまって、感嘆する麗菜に満足したか、身をひるがえしゆっくりと泳ぎ去る。

と思えば次は、何かが不意に、麗菜の足先をつんつんと突つく。

顔を持ち上げてみれば、こんな何もない海底にいるはずもない、ツートンカラーの小さなクマノミ。

(へえー。なんでクマノミが私の足を…。餌か何か、くっ付いてるのかな?)

泥や砂を巻き上げぬようそっと背中を起こし、まじまじと見つめても、クマノミは全く逃げる気配もなく、また口先で親指のわきをちょんちょんと突つきます。

(ふふ、可愛いじゃん、きみ。)

上体を傾けて、そっと右手を伸ばそうとすれば、その瞬間に麗菜の体はふっと底を離れ、中腰の姿勢でたゆといつつ、少しずつ浮き上がり出す。

(あ…)

ふわふわと遠去かってゆく麗菜を、底にとどまりつつ丸く無表情な眼で見送るクマノミ、寝ていたところにくっきりと残る人型のへこみが、まるで墓穴か棺桶のよう。

(——私は死んでいたのか? これは再生? あのクマノミは、死体をついばもうと…)

そのまま何十メートルか何百メートルか水をくぐって上昇すれば、次第に周りは明るくなって、ふと頭上を仰いだ先に、大きく盆のように広がる海面が。きらきらと光を放つさざ波が、さながら水晶の原石かダイヤモンド・ダスト。

（ああ、明るい。美しい…）

場面は再び、現実の世界。

一月とちょっと前、２人で訪れ懐妊を告げられた、あの病院の一室。

暴行を受け倒れた麗菜は、すぐに救急車で運び込まれていたのでした。

ベッド脇の椅子にぐったりと身をゆだね、頭を垂れていたマルソー君、２日も意識が戻らない麗菜が不意に小さくうめき、何やらつぶやき出したのに気付きます。

『む…レナ？』

苦しいのか痛いのか、判断のしようもない彼は、しばし逡巡する仕草を見せたのち、慌てて医師を呼びにゆく。

どれどれ、とおもむろに歩を運ぶ医師を、早く早く、とマルソー君がせきたてて、脈や呼吸を診《み》てもらえば、べつだん悪化した気配はないという。額に触れても、特に発熱の様子もありません。

ぶつぶつつぶやいたり、ベッドでもぞもぞと身をよじる彼女の様をしばし２人で見守れば、唐突にパチッと麗菜の眼が開く。

『あ！レ、レナ！』

『…』

『俺だよ、レナ。やっと目が覚めたね。』

『…。あれ？　ピエール。どうしてこんな海の上に…』

『海？』

『ん？　違うな。ここはどこ？』

『病院だよ、前に来た。君はあの狂った奴らに乱暴されて、そのまま入院したんだよ。』

そう言われても、麗菜の表情にはまるでピンと来た様子がない。

暖かい海でイルカや亀とたわむれつつ泳いでいたはずなのに、急に景色が屋内に変わり、目の前にマルソー君がいて、お前は暴行を受けて入院したのだ、などと言う。何かとても苦しく辛い時間があったのは、感覚として残っているものの、状況までは思い出せないのでした。

そんな麗菜をじっと見つめていた医師が、何かをうながすようにマルソー君に視線を送り、ホッとしたのもつかの間表情を引き締めたマルソー君は、一瞬床に目を落としたのち、思い切ったように言う。

『とにかく良かった。助かったんだから、君は。』

うん、と麗菜はうなずくものの、やはり今の言葉もぼんやりとしか通じていない。幼女のようにポカンと宙を見つめるのみ。

もう一度言おうと口を開きかけたマルソー君が、一呼吸あってまた閉じる。

君だけは助かった、と遠回しに伝えんとした事実、目覚めたばかりの麗菜に、心身ともにダメージの残る今の状態で、何度も繰り返して無理に解らせショックを与えることもない、と考え直します。

医師も同様に思ったのでしょう、マルソー君を見やり、それじゃ、という風に軽く手を上げそのまま去ってゆく。

まだ夢心地、うつつの世界に戻り切らず視線も定まっていない麗菜の手を、マルソー君が無言のままに取り、ゆっくりと撫でさすり出す。


翌々日、だいぶ回復したのちに、麗菜は見舞いに訪れたマルソー君から、2日前に一度触れかけた事実を、今度ははっきりとした言葉で告げられる。

自分が妊娠していたことさえ忘れていた彼女、今さらながら愕然とせざるを得ない。

せっかく芽生えて育ちつつあった新しい命が、この世の光を見ることもなく潰《つい》えてしまった苛酷な運命の仕打ちに、ここで初めて直面します。

感情を抑え、泣くわめくはむろんのこと、表情すらほとんど変えずありのままを麗菜に聞かせたマルソー君は、よそよそしいほどの平静さで病室を出てゆく。冷たいようだけど、2人でワンワン嘆き悲しんで彼女の動揺を深めてしまうより、ここは独りにしておこうと考えたのでした。

マルソー君の姿が室外に消え、パタンと閉まったドアを、麗菜は呆然と眺める。

(そうだった。私は…)

せっかく体調が戻りつつあったのに、再び顔から血の気が引き、目の前が暗くなって何も見えなくなる。奈落の底に突き落とされる思いとは、こんな瞬間を言うのでしょうか。

(あの恐ろしい顔の男にお腹を蹴られて、それで病院に運ばれたのか、とまでは分かったけれど——赤ちゃんがいたのを、すっかり忘れていたなんて!

そんな女がいるだろうか…)

両手で顔をおおい、ウウ…とうめくのみで身じろぎもしない麗菜。

耳の奥にキーンとつんざくような音が鳴り響き、様々な感情が湧き起こっては入り乱れ、頭が割れてしまいそう。息が止まるかと思うほど、胸も苦しく痛い。

(いなくなってしまったのか——やっと授かったのに。これから始まるところだったのに!)

けろりと忘れていたものを、思い出した途端、一気に憐憫・悔恨、自責の念にさいなまれる。それに耐えられるまで気付かせずにおこう、という神様の配慮だったのかも知れません。


見舞いの帰り道、肩を落としてマルソー君はとぼとぼと歩く。

麗菜の前では出来るだけ、悲しみも怒りも表さず、落ち着いて振る舞おうとつとめていたけれど、むろん心中はそんな訳がない。一月前はあれほど喜びに満ち、同じ病院を出て同じマロニエの街路を歩いたのに、何という落差であることか。

『君の恋人は、命に別条はない。しかしお子さんは…』

医師に告げられたあり得ようとも思えない現実、いったい自分らが何を、どんな悪い事をしたというのだ？

あの極右を気取った、いや本当にそうなのかも知れないが、恐らく何も考えず麗菜を蹴倒したのであろう鬼畜、この重大な結果を聞いたとして、良心の呵責《かしゃく》などまるで覚えもしないに違いない。フランスには白い人間だけがいれば良いと思い込んでいる奴ら、今は出来るだけ刑を軽く、としか考えていないに決まっている。

銃でも斧でも構わぬから、問答無用でぶち殺してやりたい、その衝動は抑え切れないほどだけど、あの２人は今拘置所の中、裁判を待つ身。

空を振り仰いだマルソー君は、一月前感謝を捧げた相手に抗議する。どうしても黙ってはいられない気持ちに駆られます。

（狡《ずる》く醜く、浅ましく、自分の事しか考えない、罰を受けるべき人間はこの世にいくらでもいるのに、同じ生き物と思えぬほど真っ直ぐなレナが、なぜこんな目に遭わねばならないのです。それとも私が悪いのですか？

教えて下さい、あなたは全能のはずでしょう！）

（彼女は巻き添えになってしまいました。「純血」のヨーロッパ人でない私が、奴らと揉めるのを止めようとして。子どもにいたっては――ああ！）

これまで疑うなど思いもよらなかった『唯一絶対』の存在に対し、彼は初めて、なぜだ!?と大声で叫びたい。

（自分で言うのも厚かましいにせよ、私はあなたを物心つく頃からずっと信じ、祈りも捧げてきたはずです。なのに――）

不敬な言葉を吐きそうになった寸前に、どうにか思いとどまったマルソー君、自分は捌《は》け口のない怒りや不満をどこかに、誰かにぶつけたいだけだと気付く。

立ち止まって息をつき、気を鎮めようとつとめ、今後どうすべきかに考えを向けようとする。八つ当たりなど何になる訳でもない。

麗菜には当分養生に専念してもらう他はないとして、生活のために青果店をおろそかには出来ないから、他に仕事を抱える弟にもなるべく出てもらい、頑張って稼ぐしかない。

入院費にしても、加害者側に支払う力があるかどうか、こちらが立て替えておくのか、わかったものではないし。

さらに事件の片が付くまでに、素人には見当もつかない裁判関係の様々な手続きやら段階やらが待っている。日数も手間もかかるだろう。

（しかし…）

本当を言えばそんな労力など、さしたる問題ではない。

唯一絶対の主よ、全能の力をお持ちなら、イエスの復活のごとく自分の子どもも返してもらいたい。少なくとも我が子には、まだ何の罪も無かったはずだ。

喜んで何でもしよう――元に戻してくれるのならば。

（なぜなのです？）

振り切ろうとしても、やはり思いはそこに戻ってゆく。

苦しい思いを抑えつつ、弟とともに野菜や果物を仕入れ、店頭にせっせと並べ、日々のつとめに励もうとするマルソー君。

しかし何ということか。マルシェを訪れる人はほとんどみな、彼の店に足を止めず、顔を伏せて素通りしてしまう。近付こうとして、慌ててUターンする人も。

それもそのはず、あの2人の仲間であろう極右としか見えない連中が青果店の周りをうろついて、立ち寄ろうとする人をにらみ付けたり、前を塞いだり。

何をしてるんだ、とマルソー君がとがめても、知らぬふりで一向に去ろうとはせぬし、警察に訴えようにも、その連中は大声を出すでも暴れる訳でもない。市場を眺め歩いているだけだと言われれば、それを止めさせようもありません。

それでも効果？は歴然で、せっかく仕入れた商品はむなしく台上に残るのみ。程度は比較にならぬものの、その昔ナチがユダヤ人の商店街に加えた嫌がらせにそっくりで、マルソー君も弟も手の施しようがなく、途方に暮れる他はないのでした。

憎たらしいことに、連中は通りすがりに痰《たん》や唾《つば》を吐くわ遠くから指を差して笑うわで、マルソー君はそ奴らに殴りかかりそうになるのをやっとの思いでこらえています。挑発に乗ったらまた喧嘩騒ぎとなって他の店に迷惑もかかり、悪循環に陥るだけ。

(何という――こんな事があって良いのか。)

翌日も状況に変わりはなく、売上は全く上がらない。

時に弟と視線を合わせてみても、弟だとていい考えがあるのなら、とうに口に出しているでしょう。時間だけが無駄に過ぎてゆく。

(こんな有り様がずっと続くなら、商売替えの他はなくなる。ただじっと我慢していたのでは…)

ではやはり、役所に訴え出るべきなのか。

一つでさえ負担なのに、また別の訴訟なり裁判を抱え込んでしまうのか？　手に負えぬ奴らを相手に泥沼のように――正直言ってもううんざりだ、とマルソー君は思わざるを得ない。

そしてついに数日後、彼の内心に、家族が聞けばさぞかし驚くに違いない一つの考えが芽生えます。それは、今回の事に限らず、子どもの頃からの様々な体験により心の奥深く刻み込まれた疑問や鬱屈から、一思いに自分を解き放ちたいという願望。

入院から10日前後で歩けるほどには回復し、身の回りのことも自分で片付けるようになった麗菜。心のダメージはそう簡単に癒《い》えるはずもないけれど、退院の手続きを済ませた上でマルソー君に付き添われ、とりあえずアパートへと帰ります。住み慣れた自分の部屋に戻るのが、やはり心身のために最も良い。

しばらくは様子を見つつ、少しずつ元の暮らしを取り戻そうという医師やマルソー君の言葉に従って、ともすれば暗い事を思い詰め絶望的な気分に陥ったりもするけれど、懸命にそれらを振り払い、気を楽にしようとつとめるのでした。

マルソー君か弟がほぼ毎日仕事の後にやって来て、食べ物や日用品を届けたり、体調その他を尋ねたりと、彼女が独りで落ち込まぬよう気を使う。

そんなある晩のこと。いつものようにやって来たマルソー君の口ぶりや表情に、何か腑に落ちないものがあるのに麗菜は気付きます。

『ピエール、何かあったの？　顔色が冴えないけど…』

『そうか？』

『やっぱり子どもとか私のこととか――裁判も気になるの？』

『いや、大丈夫。ちょっと疲れてるのさ。』

最近事が多く、マルソー君が精神的に疲れ、悩みが深いだろうとは誰にでも分かる。しかし一心同体とまではゆかなくとも、事実上の夫婦、パートナーである麗菜には、まだ何か別のものがあるようにしか思えない。

勘といおうか、これまでの経験なのか。

不審そうに見つめる麗菜に、隠せないと思ったのでしょう、ややあってマルソー君が口を開く。

『ニホンは住みやすい国だって、前に言ってたね。』

『？　…うん。』

『みんな穏やかで親切で、食べ物も旨いっていうし。』

『まあ、そうだね。』

『頑張って働けば、何でも買えるか——楽しいだろうなあ。』

こんな匂わすような事を言われれば、麗菜としては当然、もっとはっきりと彼の心境を確かめたくなる。匂わすというより、ほとんど白状したも同じであるにせよ。

が、本気だろうか——と思う一方、彼にも自分にもきわめて重大な決断となる上は、せっかちに問い詰めてはならないようにも感じ、それ以上踏み込むのをやめる。まだ彼の内心に迷いがあるらしいのも、表情や身ぶりから一目で分かります。

結局この日はそれっ切り、お互いもうその事には触れない。

数日経って麗菜は、まだ来なくていいと言われているにも関わらず、昼少し前にアパートを出てマルシェへと向かう。先夜感じた不審、マルソー君があんな事を語った理由を、部屋にいたとて確かめようもない。彼に一体、何が起きているのか？

近づくにつれ徐々に恐怖がよみがえり、足がすくみそうになるけれど、自分を叱咤し歩みを進めます。

目立たぬよう人込みに混じり、遠くから青果店を眺めれば。あの2人と同じようなこけ威しの恰好をした男らが周りをうろついて、客の姿はまるでありません。

台上に並ぶ商品はやけに少ないし、マルソー君は腕を組んで目をつむり、弟は台に手をついて下を向き、じっと動かない。

（これは――何でこんな。）

古なじみの客が一人、店にちらりと目を向けるものの、やはり立ち寄ろうとはせず、足を速めて通り過ぎる。恐怖を忘れ、タタ…と店に駆け寄る麗菜、男らが1人2人何かを言い、にらみつけても、もはや眼中にない。

『いったいどうなってるの!? なんでお客が全然いないの？』

『レナ――来なくていいと言ったのに。』

『そんな場合じゃないでしょ！　変な人達がたくさんうろついてて…』

『見ての通りだよ。どうしようもない。』

マルソー君が手短に今の状況を話す間も、下司《げす》どもがこちらを指差しゲラゲラと笑う。

これまで3、4回も見かねた人が通報し、警官が様子を見にやって来たけれど、この夕チの悪い奴らはたちまちパッと散って姿を消してしまい、そのあとでぬけぬけと戻って来たり、次の日また現れたり。こんな事をしているのだから当然仕事にも就かず、仲間2人が捕まったこともあっての憂さ晴らしや報復以外の何ものでもない。

すべてを悟った麗菜、これではならじと店の前を通る人々に声を掛け、知り合いの顔を見つけると、

『アンリさん、どうして寄ってくれないの？』

『冷たいじゃない、ヴェルレーヌさん――黙って行っちゃうなんて！』

と必死に呼びかけそばに寄ったりするものの、悲しそうな眼の色や表情を浮かべこそすれ、みな無言で立ち去ってしまう。

面倒に巻き込まれたくないのは誰しも同じと見え、これでは麗菜も、言葉を失って立ち尽くすしかない。

その夜、再び麗菜の部屋。

がっくり肩を落とし膝を抱え、床に座り込んでいる麗菜と、傍らで静かに思いにふけるマルソー君。チッチッチ…と置き時計の秒針が音を立てるのみ、もうしばらくの間、2人は一言も発していない。

長年懇意にしてくれた馴染みの客が、誰も青果店に立ち寄らず、呼び掛けてもそそくさと逃げるように去ってしまった昼間の光景が、麗菜には大変なショック。

その人達が野菜を選び買って行ったとして、まさかゴロツキどもがあとを追いかけ乱暴する訳でもあるまい。それでは連中が墓穴を掘るだけ、逮捕されるだけ。

それでもやはり、危うきに近寄らずと思うのだろう。いったんおかしな雰囲気になってしまったら、あれほど親しかった人たちがこちらは何も悪いことをしていなくとも、あんな冷たい態度に変わるのか――

今日初めてその事実を知った麗菜が大いに落ち込むのは仕方がないとして、心中すでに見切りをつけていたマルソー君は、いささかも動じていない。

ガランガラン――

誰かが路上でゴミ箱にでもつまずいたのでしょう、外から金属音やののしる声が響き、それが我に返らせたか、ふとマルソー君が顔を上げる。

ぽん、と麗菜の肩に手を置いて、上向いた彼女の顔を穏やかに見つめ、おもむろに言う。

『レナ、ニホンへ行こう。』

目を見張る麗菜に、そんなに悲しむことも驚くこともないんだよ、大丈夫だよ、とでも言いたげになんら高ぶりも気負いも見せず、愛《いと》おしげに微笑むのでした。

『しょせん俺達は2人とも、この国では、いつまで経ってもマイノリティーなのさ。どれほど溶け込もうと頑張ったところで、似たような境遇の者同士ならいざ知らず、誰も文句をつけないフランス人として認められることは絶対にない。永遠に。』

『うん…』

『店に来てくれた人達には差別意識を見せない人も多かったし、南アやアメリカの一部ほど露骨ではないけれど、それでも「白い人」の胸の奥から、そうでない人間に対する偏見は消えやしない。建て前でどんなに立派な、綺麗なことを言おうとも、ね。』

『でも――家族はどうするの？　特にお母さんは、悲しむに決まってるのに…』

『うん、勝手だとは思うけど、家のことは弟に任せるさ。ニホンに落ち着いて、仕事で稼ぎ、余裕が出来たら金も送るつもりだし。あの弟は俺がいるから少し遠慮してるけど、本当は俺なんかよりずっと強い人間なんだ。』

『…』

『あとは君次第だよ。せっかく憧れてパリに来て、随分頑張ってきたけれど――もう充分思い出をつくれただろう？　絵や美術、文化にだって、もうこっちの人に引けを取らないほど詳しくなったんだし。』

『そうかも知れないな…』

『ニホンが嫌で出て来たんじゃないのなら、俺と一緒に戻ろう。なに、懐かしくなったらまた時々フランスに来る機会もあるさ。べつに追放される訳じゃない。』

2人で日本へ行くのを全く予想もしなかった訳ではないけれど、実際こうして彼に言われてみると、うん、分かったと即答出来るものではない。

もうそんなに若くもないのだし、戻ったら一生日本で暮らすことになるだろう。それでいいのか——未練はないのか？

ここが人生の分岐点、これ以上後悔など増やしたくはない。顔を伏せ、視線も動かさずに考え込む麗菜、15分も経ってから、ようやくの事に口を開きます。

『じゃあ、両親に手紙を出してみようかな。返事なり電話なりを待って、向こうの考えを聞かないと、いきなり帰ってもびっくりするに決まってる。』

『俺がくっついて目の前に現れたら、やっぱり驚くんだろうな。』

さすがにその点は気になるらしいマルソー君に、今度は麗菜が確信を持って言う。

『あなたが私にとってどれほど大切な人で、今までどんなに私を支え力づけてくれたか、長い手紙になってもしっかり書くつもりだから。どういう理由で日本に行きたいのかも。一時ののぼせ上がった恋愛や気まぐれとは違う、ってちゃんと伝えるし。

それでも拒むほどお父さんお母さんは分からず屋じゃない。』

『そうか…』

『それに、あなたを受け入れないなんて言うのなら、じゃあ帰るのをやめる、って言ってやるから。絶対大丈夫。』

あの暴行事件、さらに今日の青果店での出来事でぺしゃんこになるくらい消沈していた麗菜、久々に表情や眼の色に生気がよみがえる。

自分の大事な人が、思い切って母国を離れ、新天地で人生を切り開こうと決心したのを知り、今度は自分が力になる番だと気付きます。

日本へ戻ったら、地理や言葉をはじめ何も知らないマルソー君のためにあらゆる面で尽くし、これまでのお返しをしようと思い定めるのでした。

それをはっきりと感じ取ったマルソー君、自分の決断を麗菜が前向きに受け止めてくれたのが無上に嬉しい。このところずっと続いた重苦しくやり切れない気分も、いっぺんにどこかへ飛んで行くかのよう。

『レナ、踊ろうか。』

すっくと身を起こし本棚の前に立った彼は、何枚もあるＣＤからヨハン・シュトラウスを選び、プレーヤーにセットします。

『さあ、久しぶりにさ。』

テップを踏む。
麗菜の手を取って立ち上がらせ、腰に腕を回し、流れ始めたワルツのテンポに合わせス
マルソー君のリードに麗菜も寄り添って動きを合わせ、手を取り合ったままゆったりと
回ったり、身を近づけたり遠去けたり。
「皇帝円舞曲」「ウィーンの森の物語」――この上なく優雅にして麗《うるわ》しい調べに合わせて
踊るうち、麗菜の脳裏に、パリに来て以来の様々な記憶が走馬灯の図柄のように次々と浮
かび出す。
住み始めたばかりの目眩《めくる》めくような日々、絵のモデルになったいきさつやその結末、そ
して大事な人との出会い。多くの喜びと、いくつかの悲しかった事。
何度も来ては去り、深く心に焼き付けられた四季おりおりの風景――
この部屋を出る日ももう遠くはないだろう。
20代の大半を過ごし、嬉しい時も悲しい時も必ず戻って来た思い出深い部屋。
寂しくないと言えば嘘になるけれど、こうしてまた一つ、ラストダンスというのか分か
らないにしろ、忘れがたい思い出が出来たと麗菜は思います。
その後、半年以上もの時が過ぎ、ついにフランスを離れる日が訪れる。
あの夜2人で結論を出した後、見切りをつけた青果店は早々にたたみ、麗菜はアパート

を引き払ってマルソー君の家に移り、あとは皆で何とか生活をやりくりしつつ、こうも日日を費やしてしまった主な要因である、かの事件の裁判にもようやくけりをつける事が出来たのでした。

　麗菜がアパートで使っていた電化製品や家具などはおおかたノミの市で売り払い、美術関連の本や資料・画材などのかさばる物はとうにまとめて実家へと送ったし、日本を出た際と同様、立つ鳥あとを濁さぬよう役所の手続きから細かな雑事まで、長年住んだ名残《なごり》の一切合財を丁寧に片付け、航空チケットも手に入れれば、あとはキャリー・バッグ一つを転がしていよいよ空の旅、マルソー君にも麗菜にとっても新たな人生への出立、再スタートの時。

　郊外鉄道に乗り、思い出の残る街並みを窓ガラスに顔を寄せて眺めつつ、およそ9年ぶりのシャルル・ド・ゴール空港へと向かいます。堅牢な石造りの橋、旧く大きな館、プラタナスの木――日差しは何の翳《かげ》りもなく実に明るいにせよ、これまで親しんだあらゆるものから引き離され、身一つで去るような寂寥《せきりょう》を覚えざるを得ない。

　そろそろ日本へ帰ろうと思う、という麗菜の手紙を受け取って、長い間待ち続けた両親がどれほど喜んだことか。30も目前となった一人娘が、いっこうに結婚の話も聞かないし、画家への道もどうなったことやら、と気を揉むところへ突然の朗報。電話や手紙で何度かやりとりがあったのち、マルソー君という恋人の存在や人柄、これまでの経緯を詳しく知り、彼を受け入れる心構えも固まったようです。

対照的に、2人の決意に非常に驚き動揺した彼の母親と弟は、はじめかなり反対し泣くわわめくわ、麗菜に文句も言ったけれど、マルソー君の強い意志と根気強い説得にとうとう折れざるを得なかったのでした。

母親と弟、およびわざわざ空港のターミナルまで見送りに来てくれた友人知人らと、いずれまた来るからね、日本に来てね、などと様々に言葉を交わし、花束を貰ったり、肩を叩いたり抱き合ったりと別れを惜しんだのちようやく離れてゆく2人、後ろを振り返り振り返り手を振ったりなどしつつ、搭乗の手続きへと向かう。

チェック・インや手荷物審査などの面倒な手順を一つ一つ、幸い何も引っ掛からずに通り抜け、やっとゲートにたどり着く。

いよいよ自分を日本へ連れ帰るエール・フランス機、ボーイング777の真っ白な巨体、翼に吊り下がる途方もなく大きなジェット・エンジンを間近に見て、なにか少々ひるみを覚える麗菜。下を向いて視線をそらせば、それが今の自分を思い起こさせる。

(私は負けて帰るのだろうか——頭を垂れ、しょんぼりと。)

(美術の勉強は途中でおろそかになり、当然、プロの画家にもなれなかった。楽しいことや経験になることも多かったけど、その時の気分や事情に流されて、行き当たりばったり、風まかせに9年もいただけなのかも知れない。でも…)

タラップを昇り席に落ち着いてからも、旅情に浸るというよりは、自分を問い質《ただ》す思いの方がはるかに強い。

(世間知らずでワガママだった私が、多くの人の世話になって迷惑もかけて、結局何をしたのだろう。

絵の勉強、モデル、様々なバイト、青果店の手伝い——ちょこちょこと浅く広く、いろんな事をかじっただけで、何を成し遂げたわけでもない…)

自分を責めるばかりの麗菜、ふと、隣の席に座ったマルソー君の穏やかな視線に気づきます。母国へ、親の元へ戻る麗菜とは違い、これから見も知らぬ異国へと、生まれ育った地を離れ家族とも別れて旅立つ彼、さぞかし胸中は悲しみや寂しさで満ちているであろうに、そんな気色は一切出さず、じっと彼女を見守っている。

自分自身の後悔にばかりとらわれていた麗菜、これからは何も知らない彼の力になろうと誓っていたはずじゃないか、と大いに恥じ入らざるを得ない。

『ごめんね、ピエール。私一人で考え込んでて…』

『いや、別に気にしてないよ。』

『あなただってずいぶん寂しいはずなのに、私ったら…』

『はは——寂しくない訳じゃないけど、ニホンはどんな所だろうとか、どんな暮らしになるんだろうってワクワクする方が大きいから、全然平気だよ。』

本当だろうか――フランスへ旅立った時の自分のように、彼の心は希望や期待にあふれているのだろうか。

たとえ嘘でも強がりでも、そう言ってくれるなら、と麗菜は大いに救われる思い。自分と出会ったばっかりに、彼はこうして家郷を捨てるのだから。

(そうだ、何も得られなかったなんてことはない…私にはこの人がいるじゃないか。ずっと誠実に、私を見守ってくれた――

大学の卒業証書なんかより、あるいは絵の道よりも――きっと大きなことに違いない。)

機内アナウンスが流れ、ややおいてキューン、と甲高くうなり始めるジェット・エンジン、ゆるやかに動き出す機体、とうとう自分らはフランスを離れる。

世の大勢とは全く関係のない、ささいな事かも知れないけれど、自分達にとっては今一つの時代が終わり、新たな歴史がこれから始まるのだ――

どんな脈絡か分からないけれど、麗菜の胸に、エディット・ピアフの曲の一節がふと浮かぶ。窓の外一杯に、明るい朱色の光を浴びた、薄く綿を引き伸ばしたような雲。

十一

麗菜とマルソー君の長い、山あり谷ありの物語を終え、話は再び１９９５年現在へと戻ります。

真夏の暑さもやや峠を越えた9月の上旬、帰省や旅行、観光地でのアルバイトなど思い思いに過ごしていた学生たちが、一斉にキャンパスへ帰ってほどもない頃。

小平強君《こだいらつよし》が、丘のアパートを下って南東へ1・5キロほど、国道をはさんでJRの駅と向き合うファミレスの2階、交差点を見下ろす窓ぎわの席で、さまざまに行き交う人々や信号が変わってわらわらと動き出す車の群れなどを眺めつつ、のんびりとミルクココアを飲んでいる。

整備士の岡山氏や所長などのおじさん達、あるいは体育会に属する大学の先輩なんかには、よくそんな女子供みたいなものを飲むもんだと言われるけれど、男だからこう、女性だからこうなんて思わないし、ココアでもマンゴープリンでも本人の自由じゃないか、と全く気にしない。現に今日だって、注文する時別に店員も変な顔はしなかった。

(…そう言やあ、ハマさんもああ見えてけっこう硬派なところがあるものなあ。はじめ分からなかったけど。

じろっと俺を見て、コーヒーに砂糖だのミルクを入れてどうすんだ、本来の味や香りが消えるじゃないか、なんて言ってたし。

そんなの人の勝手なのに。)

子供扱いする周りにやや面白くない気はあるけれど、その人達はさげすんで言う訳ではなかろうし、むしろ好意のこもった目の色や口調。いじられタイプ、からかわれ易いキャラなのだろうとは元々自覚しています。

思えば自分はそんなささいな点は問題にならぬほど、人との出会いや関係に恵まれている。母親や幼なじみはもとより、大学の級友や先輩連、ソノタの営業所で知り合った大人達。フレンチRamenの店に行き、麗菜ママやマルソー氏と過ごす時間もこよなく楽しい。

(それに何と言っても、久美ちゃんがいるし。)

今のところかも知れないけど、俺はずいぶん運が良いよなあ——などとぼんやり思いにふけっていれば、そんな彼に符節を合わせたはずも無いけれど、

「やっほー！　待った？」

驚かそうとしたのでしょう、耳元でいきなり声を出し、キュッと抱きついてくる者がいる。一瞬跳び上がりそうになったものの、声にしろ、ふわっと彼を包むシャンプーや香水の匂いにしろ、誰であるかが小平君に分からぬはずはない。もちろん長年の彼女、里中久美《さとなかくみ》ちゃん。

そう、彼はここで、この近くにある専門学校の授業を終えて彼女が出て来るのを待っていたのでした。

「あー、びっくりした。不意打ちなんてやめろよ、もう。」

「あはは、真後ろにいるのに、全然気付かないんだもの。」

よほど機嫌が良いのかころころと笑い、腕を解いた久美ちゃんは彼の向かいにさっさと廻り、スカートの裾《すそ》を押さえつつ座ります。

肩にかけていたバッグを横へ置き、メニューを手に取ると、

「さ、私は何を飲もうかな。どれがカロリー低いかなー。」

などと言いつつ、ドリンクの頁に目を走らす。

下を向いた拍子にはらりと眼の前に垂れた髪を、無造作に首を振って後ろに払う。

「飲み物でカロリーなんて、別に太ってないんだし、気にする事ないのに。

あんまり細くなったら魅力ないよ。」

「いやいや、そうではないぞツヨシ君。私はけしてブタになるつもりはないのだ。」

小平君のみならず世の多くの男には、無理なダイエットなどをしてまで細くなりたいらしい、女性の感覚がよく分からない。すらりとしたモデルが颯爽とランウェイを歩くさまは、確かに綺麗で格好良いけれど、あまり骨々《ほねほね》の人よりも多少ふっくらしている方が女性らしく思えるし、第一、食べたい物さえ我慢するのでは痛々しいよなあ――そんな事を思っていれば、久美ちゃんはもうこの話題を続ける気もないらしく、店員を呼び、結局ごく普通のレモン・ティーを頼むのでした。

それにしても今日の彼女はいつもに増して明るい気色、フンフンと鼻歌なども絶えません。オーダーが来るまでの短い間も、浮き浮きする内心を抑え切れない感じ。

「何かあったの、久美ちゃん。ずいぶんテンション高いじゃん。」

「うん——分かる？

私ね、シャメル・ジャパンの２次選考通ったんだ—。今日、連絡が来たの。」

「え、シャメル⁉　あの有名なデザイナーの、ポコ・シャメルのところ？」

「ふふ、すごいでしょ。」

専門学校２年の久美ちゃんは、もう来年は就職して社会人。まだ呑気な小平君に一歩先んじて、大人の世界へ行くのです。

「ふーん——じゃあ、もう決めたの？」

「最終選考があるから、まだ決まったわけじゃないよ。ほかのブランドや服飾メーカーとか、デパートなんかも受けてるし。

でも今のところ、シャメルが第一志望かな。」

はじめから進みたい分野がはっきりと定まっている久美ちゃんが、元々同学年のはずなのにずっと大人びて見える小平君は、何だか取り残された気分というか、彼女と距離が出来た感じというか。

その思いが、以前覚えた不安をふと呼び起こす。

「シャメルって元はフランスだろ？　久美ちゃんもまさか麗菜ママみたいに、パリに行きたいんじゃないよね？」

「——気になる?」

「そりゃあ、もちろん。」

「たまに研修とかで行くのかも知れないけど、日本ほうじんの採用だから、海外きんむや駐在にはなんないよ、きっと。フランス語も英語も出来ないし。

行くのは、よっぽど見込まれた人なんじゃない?」

「その見込まれた人になったら?」

「ないって、まず(笑)。

そんなに私がどっか行くのが心配なら、いっそお嫁さんにしちゃえば? 学生結婚でもいいじゃん。」

「え……」

「あのイギリス人のサットンさんもまだ諦めてないみたいで、時々私にアプローチしてくるし、どうなっても知らないよ。」

その外人、まだ——と顔色が変わる小平君を、あ、いけない、口がすべったというふりをして、久美ちゃんはしっかりと目の端で観察。こういった手管《てくだ》では同い年の男など、当然ながら、とても女性には敵いません。

万一そのイギリス男と仲良くなってヨーロッパにでも行かれたら、もう取り返しはつかない。ただでさえフランスかぶれの面がある久美ちゃんは、きっと籠から逃げた鳥と同じ、自分の手はまず届くまい――まだ二十歳に過ぎない小平君は、これからいろんな女性と出会う可能性など考えても見ず、その事で頭が一杯になってしまう。

「大学の卒業まで2年半もあるし、まだソノタに行くのかどこに入るのかも全然決めてないけど、就職するまで待ってくれないか。やっぱり社会人になってからじゃないと……。その間、シャメルでもどこでも君の自由だけど、日本を出てよそに行くのだけはやめて欲しいんだ。」

と、一生の大事と自分で分かっているのかいないのか、約束としか聞こえない言葉を口にしてしまいます。大人なら、こうも一足飛びに結論を急ぎはしないはず。

この言葉を小平君に言わせた？　久美ちゃんは、ぱっと赤くなって彼を見つめつつ、

「うん、わかった。」

と大きくうなずく。それは外国には行かないという意味よりも、数年後の約束を今取り交わした、と受け止めたのが明らか。

2人にとってとてつもなく大きな決断、胸が詰まるのかあらためてその重大さに気付いたか、お互いそれ以上に言葉が出ない。

いずれにせよ、あれよあれよと勢いのままに(?)、若干二十歳で自らの人生を決めるばかりか、久美ちゃんのそれにも責任を背負い込みつつある小平君。しかし今後久美ちゃんほどの女性と知り合えるかどうか、知り合っても仲良くなれるかは何の保障もないのだし、

期せずして最善の選択をしたのかも知れません。

半月ほど経った、金曜の午後。学校の授業を昼までに終えた小平君が、ソノタの営業所に来ています。

夏休み中のようにほぼ毎日働きに来ることは出来ないにせよ、納車や引き取りの手が足りない際や、週末に展示会がある場合などに、こうして呼び出されて手伝うのでした。

今回はメーカーが社運を賭けて開発した、ニュータイプの軽をお披露目する発表会とかで、テレビCMはむろんのこと、土・日に向けユーザーに招待状を出し、チラシも数万枚を近隣にまいたという。販売店としてもなかなか無い機会、乗り換えや新規ユーザーの獲得に大いに力が入るところ。

浜谷氏ともう1人の営業マン、および小平君の3人で、建物を紅白の幕やステッカーで飾り付け、来場記念品やくじ引きの景品などもせっせと店内に用意したあと、敷地と店内の車を、ほぼ全面的に並べ替える作業に移ります。土・日を待たずして、今日さっそく見に来る客も予想されることだし、受け入れ準備は早いに越したことはない。

「小平君、違う違う！　その車は一番奥に突っ込んどけ。

古いのを前に出してどうすんだ！」

「おいおいもっと慎重に！　目玉の新車なんだから、ぶつけたら大事《おおごと》だぞ！」

岡山氏は作業場でマイペースに客の車の整備中、所長と赤井さんが店内からのんびり眺めている一方で、浜谷氏以下はワーワーギャーギャー、汗をぬぐいつつ、すべての車を出したり入れたり、寄せたり向きを変えたりなどさんざん動かしたあげく、ようやく夕方近くになって一応の配置を終えることが出来ました。

「よーし、これでいい。お疲れさん。いやー、暑いな。」

建物に入り、応接セットの椅子に皆で腰を下ろせば、赤井さんがアイスコーヒーを出してくれたので、エアコンの涼しい風にも当たりつつ、男どもは無言で息を整える。

少しして、浜谷氏とは別の営業マン、まだ20代なのに生え際が大きく後退し、頭頂部がカブトムシの尻のように薄い毛のみとなってしまっている斉藤という男が、ややずり落ちた黒ぶちメガネを中指で戻しつつ、小平君に話しかけます。

「まったく、小平君が来てくれて助かった。ハマさんと僕だけじゃ、たぶん夜までかかったな。」

小「はあ、どういたしまして。」

斉「君は来年で3年生か。せっかく販売店の仕事にいろいろ慣れたんだし、卒業したらここへ来なよ。」

小「確かに、車の仕事って面白いですよね。」

いつも浜谷氏に比べ影が薄く、真面目ではあるものの販売実績もそう目立たない斉藤君が、今も大真面目にここへの就職をすすめてくれるけど、大汗をかいた直後の彼の肩や頭からうっすらと湯気が立ち昇るのに、笑いをこらえるのが大変な小平君。

が、一方で、自分も早く卒業後に向けて具体的に考えないと、恋愛においても1人の人間としても、後《おく》れをとりそうな焦りを感じてもいます。本当は1年先でも間に合うのだけれど、先日久美ちゃんにあおられた？のが影響しているのでしょう。

浜「入るとしたら、この『ソノタ自販埼玉』にするか、それともメーカー本体か、どっちが良いんだい？」

小「はあ……出来ればメーカーにしたいと思ってますが。」

それを聞いてちょっとがっかりした表情の斉藤君、彼は浜谷氏のようにメーカーから販社へ出向して来た人間と違い、直接『ソノタ自販埼玉』に就職した社員。いわゆるプロパー。

聞くともなく聞いていた赤井エミさんが、少し離れた自分の席から顔を上げ、口をはさむ。

「メーカーに入ってえらくなって、私たちに指図なんかしないでよ。今までずいぶん親切にしてあげたんだから。ね、ツヨシ君？」

小「そんな……そういうつもりなんか無いですよ。」

赤「もっと売れとか気合が足りないとか、頭ごなしはカンベンしてね。」

浜「おいおい、俺のこと言ってんじゃないだろうね。

俺は今まで、メーカー風を吹かしていばった事なんか無いだろ？　たまにそんなのもいるけどさ、確かに。」

赤「うん、ハマさんは課長とか所長とか、お偉いさんの立場で来たんじゃないものね。

それどころじゃなくて、メーカーで問題を起こして飛ばされて来たって話だし。」

赤井さんも斉藤君も、大口を開けてハハハ……と笑う。別に浜谷氏に悪意がある訳ではないにせよ、もともと『親会社から来た人』に対しては、やはり引け目というか一線を画してしまう面があるようです。

苦笑する浜谷氏は否定もせず、小平君を振り向いて言う。

「ソノタ本体に入りたいのなら、大学の先輩を訪問したり工場を見学したり、早目に接触するに越したことはないな。

まあ、親のコネとか有力な人の口利きとか、そういう線をたどる奴も多いけど。なにかそんな、ルートみたいなものはあるのか？」

小「いえ、何もないんです。でも、ここでずっと働いて、前よりは車にも販売店の仕事にも詳しくなったんだし……

ずうずうしいかも知れないけど、ハマさんか所長さんに、こんな学生がいるよって推薦してもらえないかなあ――なんて思うんですけど。勝手なお願いですいません。」

浜「うむ、もちろん力になってやりたいけど……俺は問題児というかトラブルメーカーだったから、俺が言ったんじゃ逆効果かも知れないよ（笑）。

所長の後押しなら、間違いなくその分有利にはなるさ。」

そう言って浜谷氏が所長にチラリと視線を向ければ、所長は微笑を浮かべ何も言わないけれど、拒否の気配はまるで見せない。いいよ、と表情で伝えているのがはっきりと分かります。

浜「プッシュしてもらうのなら、恥をかかせちゃいけないぞ。せっかく内定が出たのに、単位が足りずに卒業できませんでした、留年してパーになりました、では顔を潰すことになるからな。

まあ、ここに随分来てもらってこんな事を言うのも何だけど、出なきゃいけない授業は、遠慮せずにちゃんと出てくれよ。」

小「は、はい。もちろんです。」

浜「やっぱり別の会社にしました、なんてのも駄目だぞ。

特にライバル企業なんかは。」

小「そんな事しません。」

この日も夕方6時を過ぎ、小平君が帰ったあと、また浜谷氏は帰り支度をしている赤井さんのそばに座り込み、早く帰りたい彼女の邪魔をしています。

「――あいつ、本当にソノタに入りたいんだな。水が合うのか知らんけど、もう半分身内みたいになってるし。

最初は軽い気持ちでチラシ配りのバイトに来ただけだったろうに。」

「私や斉藤さんは、ここに直接入ればいいと思ってたのに、ハマさんははじめからメーカーに入れようとして。所長も巻き込んで話を決めちゃうんだから。」

「うーん……しかし本人の希望が最優先だしなあ。」

「前、ああいうマジメそうな男は早目にツバ付けてつかまえとけ、なんて私に言ってたくせに。もう忘れてんでしょ（笑）。」

「そ、そうだったたっけ。」

「もう、適当なんだから。

私に相手が見つからなかったら、ハマさんに責任取ってもらうからね。――じゃ、お疲れさま。」

冗談か半分ほどは本気か、そう言い捨てて立ち上がり、すたすたと退社する赤井さんを見送って、浜谷氏はおもむろに所長の席へと向かう。明日からの新車発表会に当たり、所長と2人でもう一度念を入れ、最終確認をせねばなりません。営業主任として、この職場ではNo.2の立場。

――それはそれとして、どうも小平君の人生を見るにつけ、久美ちゃんや浜谷氏に着々と外堀を埋められてゆく印象は否めません。

結婚にしろ就職にしろ、まさに囲い込み。

本人が意識しているかどうかは別として、一歩一歩ニュートラルではなくなりつつある。

十二

その年も、もはや晩秋となって。

午後の10時に近いころ、一日の仕事を終えた浜谷氏が露天の駐車場、借りているスペースに車を停め、地に降り立つ。

右手にカタログや書類の詰まった重たい営業カバン、左手にスーパーで買った惣菜の袋を下げ、夜ふけて静まり返った住宅街をてくてくと、自分のアパートへ向かいます。

定時で帰れる職種と違い、外回りが多い車のセールスマンは帰宅時間など日によってまちまちであり、今宵も買い換えてくれそうな顧客の家を訪ね、直帰して来たのでありました。とうの昔に日常と化し、こんなものだと思っている彼に、別に不満もストレスもない。

他の住人に気兼ねして高い音を立てぬよう、ゆっくりコン、コンと階段を昇り、やっと3階の自分の部屋にたどり着く。汗じみたネクタイやシャツをポイポイとベッドの上に投げ捨てて、さっそく炊飯器に米と水を入れスイッチを押す。

自炊などする時間も気力もない彼は、いつも外でおかずを買っては飯だけを炊く。時には弁当だけで済ませることも。

外食して帰れば楽は楽だけど、やはりそれでは金が掛かって仕方がない。

飯が炊ける前に一風呂浴び、パンツ一丁のまま、ちゃぶ台と言って良いほどの小さな食卓に半額のシールが付いたポテトサラダとレバニラのパック、らっきょうの小瓶、ビールの缶、どんぶりに盛った飯を置き、浜谷氏の華麗なる晩餐が始まる。

独身貴族か侘びしいチョンガーと言うべきか、しかし考えようによっては味がどうの後片付けがこうのと気を使う相手もなく、全くのマイペースではあります。

食う方はこれで充分だったものの、３５０ml のビール1缶では物足りなかった浜谷氏、のそのそと冷蔵庫に歩み寄り、レモン風味のボトルチューハイを取り出す。氷もばらしてアイスペールに入れ、食卓に戻ると、コップに注いではぐびりぐびりとやり始める。

特に趣味もない彼にとっては最も心安まる時。

いい機嫌になってきたのに、テレビを点け夜のニュースを眺めれば、相も変わらず国会議員の汚職だの、役所で税金の無駄遣いが発覚しただの、そんな下劣な話ばかり。せっかくの気分に少々水を差す。

（いつまで経っても変わらんなあ。

『お上《かみ》』意識で自分をエラいと思ってる奴ら、国や民などどうでも良くて、公金にたかったり既得権を守ることしか考えちゃいない。あとは選挙のことぐらいか。

――おとなしく搾《しぼ》り取られる庶民こそいい面の皮だ。）

こういったニュースを聞くたびに彼は、かつてメーカー本社の就職面接の場で、薗田会長に大見得を切った自分を思い出す。

『大企業はもっと、福祉や社会貢献に力を尽くすべきではないのですか！』

『ビジネスの前線に立ちながらでも、それとは別に、福祉活動に時間やエネルギーを割くのも可能なはずだと考えています――』

で、今の自分はどうなのか。

とてもじゃないがそんな余裕はない。

そもそも大勢の顧客を抱える商売では、車の調子が悪いだの、契約するからすぐ来いだのといつお呼びがかかるか分からないから、休日だっておちおち遠くへ出られない。営業マンは２人だけ、整備士に至ってはたった１人の営業所、ひなびた立地だから暇な時は暇だけど、バタバタと仕事が舞い込めばたちまち手一杯になってしまう――

（相変わらず理想主義的なところがあるな、なんて会長が言ってたっけ。

20歳を少し過ぎたぐらいで大口を叩き、現実はこのザマか。甘かった〈笑〉。）

世間一般の尺度からすれば、毎日頑張って働いているし悪い事はせぬし、そんなに自分を責めずとも良いか、と思わないではない。

ろくに仕事もせず税金にたかるダニどもよりはよほどマシ。

しかしどうも自分は融通が利かぬのかこだわりが強過ぎるのか、やはり現状に納得がいかない。

それにしてもそこまで頑固で妥協嫌いの自分が、客商売をするようになってから、学生の頃や工場時代と違い理屈を振りかざして人をやり込めようとする面はまるで無くなり、話し好きの面白い人などと見られるようになったのは、我ながら呆れる他はない。初対面の客と冗談を言い合って笑ったり、赤井エミさんとじゃれてみたり。

それが成長なのか退歩なのかは自分でも分からないけれど、なるほど人は環境に染まってしまうものらしい――

つらつらそんな思いにふけっていれば、テレビの画面に現れる今日発生した、生々しい交通事故の映像に目がとまる。高速合流点での多重事故とかで、次々と大写しされる、何台ものひしゃげた車や横倒しになった大型バイク。

またまた彼の脳裏に、過去の失敗がよみがえります。

ソノタに入って3年目、エンジン工場で資材調達に従事していた浜谷君は、前々から考えが合わなかった直属上司との折り合いが決定的に悪化してしまう。

下請けを雑巾のごとく絞るだけ絞りコストダウンせよと命じる上司、立場を嵩《かさ》に弱い者いじめをするべきではないと楯ついてばかりの彼、その喧嘩というかいがみ合いは、すでに課内どころか部内でも知らぬ者がいないほど。眉をひそめる者や無責任に面白がる者、時おり注意や意見もしたけれど、もはや無駄だと放って置く者など、周りの反応は全くそれぞれ。

ついに誰かが訴えたのでしょう、ある日とうとう彼は、工場の人事部から呼び出しを受けてしまいます。

人事部内の片隅、面接や客の応対用らしき、パネルで囲われ椅子とテーブルのみが置かれた一角に通されれば、待つほどもなくしかめっ面を下げた人事課長が入って来ます。こっちだって暇ではないのに、余計な手間をかけやがって、といった様子がありありで、無言のまま彼の向かいにドスンと座る。

ふー、と一息ついて煙草に火をつけ、おもむろに切り出す。

『君はずいぶん、直属の課長に逆らったり噛み付いたりしているようだなあ。え？　まだ若手だってのに。

そのうち収まるかと思ったら、ますますヒートアップしてると言うじゃないか。

困るんだよ、そういう態度は。』

『………』

『組織というのは調和が何より大切なんだ。

にらみ合ったりわめき合ったり、職場の雰囲気がとげとげしくて耐えられない、という女子社員らの声も届いてるぞ。』

『それは確かに、職場の人達には申し訳ないと思っています。しかし、下請けを苦しめるだけ苦しめて、それでコストカットを――』

『はいはい。分かってるよ、君が前から言ってる事は。いずれにせよこのままにしては置けんのだ。

…やむを得んな、気の進まん措置ではあるが。』

『と仰しゃいますと？』

『君も資材課長も、折り合うどころか頑として譲らんじゃないか。ならばどちらかを配置転換するしかない。だろう？

あの課長は君も知っての通り、この工場一筋、しかも資材調達一本槍でやって来た男だ。今さら潰しが利かんから、君に動いてもらうしかないな。また、秩序という面からも、そうするしかない。』

『そんな。それじゃますますあの課長の思うがままに――』

『我が社と下請けの関係、それは君が抱え込む問題じゃない。まったく君は、正義感は強いんだろうけど、自分が自分がと思い過ぎるんじゃないのかね――

工場のトップも本社の人間も馬鹿ではない。見るべき点はしっかり見ているぞ。』

『……』

『左遷とか懲罰人事にならぬよう、形は整えるから、転属希望を出してくれ。工場内の他部署でも本社でも、行きたい所があればどこでもいいぞ。必ず通る保障は出来んがな。』

そこは人事課長、年齢はもちろんこうした談判の場数も浜谷君とは雲泥の差、感情的になるばかりの資材課長とは役者が違います。

理屈屋の浜谷君をその土俵で、隙もなくひたひたと追い込んでくる。

徐々に反論も行き詰まりぐうの音《ね》も出なくなった彼は、しぶしぶといった様子で人事部を出たものの、もちろん胸中は面白くない。

それどころか憤懣《ふんまん》やる方ない。

終業後、まっすぐ独身寮に戻る気がしなかった彼は、工場の門を出て70～80㍍《メートル》ほどにある居酒屋ののれんをくぐります。ここは立地上、工場の人間が仕事帰りに立ち寄る溜り場となっており、いつ来ても何ほどかの見知った顔がある。

煙や油ですすけ、がやがやと男達の声が充満する店の奥近く、2人掛けの小さな席に1人で着き、ビールと焼き鳥、ナマコ酢などでちびちびとやり始める。

(さあて。どうしたものか……)

(言われるがままに転属願いを出すのは、負けを認めるということだ。しかし、騒いだり暴れたりしてどうなるもんでも無かろうし。）

左遷や懲罰人事にはしない、と人事課長は言っていたけれど、自分一人が動いたのでは、周囲がどう受け取るかは火を見るより明らか。

（口惜しいが、仕方ないのかも知れん。確かにちょっとやり過ぎた。

間違った事はしていないつもりでも、周りの人間にはいい迷惑だったろうし――）

（君が抱え込んでも見る人はちゃんと見ている、なんて言ってたな。自分が自分がと思い過ぎるな、と。）

コップを片手にぼんやり宙を見つめていれば、不意に向かいの空いた椅子に、やけにニヤついた若い男が、断りもなく腰を下ろす。

誰かと思えば、同期入社でやはり同じエンジン工場に配属されていた男。

『よう、浜谷。何を考え込んでんだ。』

『いや、別に。』

『聞いたぞ。お前、人事に呼び出し食ったんだってな。何を言われたんだ？』

『うるせえよ。余計なお世話だ。』

『ははは、ずいぶん上司に歯向かってたからなあ。いつかこうなると思ったよ。

な、始末書でも書かされたか、それとも異動か？　どうなったんだ？』

愉快で仕方がないと見え、声がはずみ笑み崩れた表情を隠そうともせぬこ奴、人の失敗や不幸がよほど嬉しいらしい。同期がヘマをすれば、その分自分の有利になるとでも思っているのでしょう。

さらに調子に乗って、言いたい事を言い始める。

『ふん、ウチの会社はW大出が多数派を占めて、しょっちゅう肩を組んで都のナントカばかり歌いやがって。』

『まあな。』

『少数派ってのは、それだけで悪いのか。不利な扱いをされなきゃならんのか？

俺だって、せっかく頑張ってQ大を出たのに。』

『……………』

『入ったあとになって、実はこの会社はW大が強いんだなんて聞かされても、こっちはどうすりゃいいんだ。

騙《だま》し討ちじゃないか。ええ？

まあ、もっと歴史の古い会社では、家柄や血筋、七光りだの、もちろん学閥も人事にからむらしいから、ウチはまだましなのかも知れん。それにしたってフェアじゃない。だろう？』

人を勝手にライバル視し、そのライバルがつまずけば手放しで喜ぶ、そんな人間はどこにでもいる。この男の場合、八つ当たりも大きいのだろうけど。

こんな奴と付き合っていられない、とばかりに無言のまま、伝票をつかみ立ち上がった浜谷君、さっさと会計を済ませ店を出る。

その後2つだったか3つだったか、目に付いた飲み屋に飛び込んではハシゴして、数時間後にはもはや足元も覚束ぬほどの泥酔状態に。どこを歩いているのやら、歩道も車道も関係なく、わめいたり大声で歌ったりしつつ、どこまでもふらふらと進む。

『たった・たらりら、ピーヒャラピーヒャラ――』

『泣くのがイヤなら、さーあ歩け――。

はっはっは……』

もちろんこんな彼に関わりたい者はなく、すれ違う通行人はそそくさと足を早めたり、くるりと向きを変えてしまったり。誰にも止められぬまま、ついに彼は両手をかかげ、うおー、と声を発しつつ前も見ずに走り出す。

しかしその先は、高架鉄道に沿った国道を、バイパスが横切る大きな交差点、しかもガード下にともる信号の色は赤。

キュイーーッ、と耳をつんざくブレーキの音、何かが背後をかすめ、彼がすてん、と横断歩道に転がった直後、ガシャーンと激突音が響く。飛び出した浜谷君を避けようとした大型バイクがバランスを失って宙に浮き、運転者が振り落とされたあと、バイクがガードレールにぶち当たったのでありました。

『きゃあーっ！』

『わっ！　やった。』

ヘルメットが転がりライトの破片が散乱し、居合わせた歩行者が唖然として見つめる中、浜谷君はアスファルト上に座り込んだまま、何が起こったか知りもせず、呆けたようにへらへら笑っている。


翌日、事故現場一帯を管轄する警察署内。

昨夜は前後不覚に酔っており、事情聴取どころではなかった浜谷君は、醒《さ》めるのを待つしかない、と虎箱にぶち込まれておりました。

夜が明けた頃、喉が張り付くほどの渇きを覚え目を開いた彼は、暗い地下室のような床に横たわっている自分に気付く。

（……。どこだここは。）

徐々に目が慣れ周りを見渡せば、天井と三方が何もない真っ平らな壁、正面のみが格子《こうし》模様の見えるやや明るい空間、なぜこんな箱のような一室に、といぶかりつつその模様を眺めるけれど、どう見ても牢屋の鉄格子としか思えないのでした。

悪い夢じゃないだろうな、と頬を叩いたり首をひねったりしても、二日酔いの頭痛とむかつきに襲われるばかり、やはり目の前の光景は変わらない。

(これは——まるで記憶にないけど、酔い過ぎて喧嘩騒ぎでもやらかしたかな？)

そうは思っても確かめようもなく、まさかそれほどの大事を仕出かしたはずもあるまいと、起き上がって座り込み、しばらくじっとしていれば。格子の向こうに一人の警官が姿を見せ、ああやはりと顔を曇らす彼に、無感情な眼を注ぐ。

『やっと正気に戻ったか。あとで事情聴取するから、もうしばらく待つように。』

それだけを言い、他に何も教えてくれずに去ってゆく。

9時ほどになったかと思われる頃、引き出されて取調室に移り、まずは起こった事のあらましを告げられて、その後は、なぜ信号を無視したか、何をどのくらい飲んだのか、どこへ行くつもりだったのか——とさまざまに聞かれるものの、ほとんど何も覚えていない。

警官もまた、まあそうだろうな、とペンの端で調書の隅を叩くだけ、結局名前と住所・勤め先を書かせ、拇印を押させたのみであり、具体的な内容はまるで書きようがありません。

本人から何も出ぬ以上、目撃者の証言や現場の検分から調書を仕上げる他はないでしょう。

1時間弱で調べは打ち切られ、とりあえず誰か身柄引き受けに来るまで待っとけ、という訳で、再び浜谷君は檻《おり》の中。

(ああ……えらい事をした。酒を覚えたての学生じゃあるまいし。)

さすがに青ざめる思いで茫然としていれば、どれほど経った頃か、遠くからコツ、コツと足音が響き、鉄格子の外に2人の男が立つ。

顔を上げると、そこにいたのは警官に付き添われ彼を無言で見下ろしている、昨日会ったばかりの人事課長。への字に結んだ口元、眼にはありありと蔑みを浮かべています。

『どうしたのだ、浜谷君。』

『……申し訳ありません、こんな事になって。』

『昨日の話し合いのあと、やはり面白くなくて、外で大酒を飲んでしまったのだな。

分からんではないが――』

直属の資材課長が、あんな奴知ったことか、自業自得だとばかりに口実をもうけ、引き受けを拒んだのでしょう、やむなくこうして人事課長が来たものと思われます。

『バイクを運転していた人は、命に別条は無かったものの、左足の骨折と打撲もあちこちひどいそうだな。聞いているか？』

『はい、聞きました。』

『で、君はウチの会社が、何の会社か知っているのか？』

『……』

『車やバイクの輸送機メーカーだ。

当然勤める者は、酒気帯び運転などはむろんのこと、徒歩でも自転車でも、あらゆる交通違反を厳に慎まねばならん。にも関わらず君は、酔って交通法規を犯し、事故を起こした。

これがどういう事か分かっているな。』

『はい――分かります。』

『しかも悪いことに相手方が乗っていたのは、ウチの、ソノタのバイクだったのだぞ。

つまりお客様だ。

今朝、工場長が病院へ謝りに行ったけれど、君もできるだけ早く行かねばならん。』

『え……!?』

『事故の直後、集まって来た野次馬たちに、制服のソノタのマークを見られているとも知らず、道に座り込んで何やらわめいていたそうじゃないか。看板に泥を塗るとはまさにこの事だ、馬鹿者が！』

まさかそこまでだったとは、何てことだ――ともはや言葉も出ず頭を抱えるばかりの浜谷君に、人事課長といえども人間、憐れさを覚えたのでしょう、声の調子をやや緩めて言う。

『昨日転属願いを出せと言ったが、それどころでは無くなってしまったよ。本社と相談して君の処遇を決めるしかない。

今日のところは私が引受人になるから、病院へ行ったあとは、独身寮で決定を待っていてくれ。出勤の必要はないからな。』

告げるべきを告げ言葉を途切らせる課長、横で無表情に立ったままの警官、やはり浜谷君は返答のしようもない。


工場でも報告を受けた本社でも、第一感として、浜谷君を解雇――少なくとも依願退職にはせねばなるまいと皆思う。政治の世界や役所、あるいは原子力村などと異なり、仕出かした事の責任をあいまいや知らんぷりには出来ません。

数年前の就職面接で彼を、扱いが難しかろうと見なしていた一人、人事担当の役員は、むろん一報に驚きはしたものの、やはりこんな事になったかと思わざるを得ないのでした。

上司と対立し続けたあげく、泥酔してソノタ・ユーザーに怪我をさせるという不始末――。

しかし絶体絶命の浜谷君に、甘いと言われるのを承知の上で救いの手を差し伸べたのは、やはりあの人。報告を受け、先の垂れた眉をいじりつつしばし目をつむっていたものの、瞼を上げた時ははや結論を出していたと見え、迷いのない口調で当の役員に告げる。

『許してやることにせんか。』

『は、しかし……』

『示しがつかんとか、依怙《えこ》の沙汰などと言われるのは百も承知だ。が、俺はやはり、あの男を辞めさせたくはない。

何かやらかしそうなのは、初めから予想していたじゃないか。俺も若い頃は暴れたり揉めたり、人に言えん事もいろいろあった。』

『……』

『上場した企業においてトップが個人の感情をはさむのは、私物気分が抜けていないのかも知れん。社会責任上、疑念を持たれかねん恐れもある。

それでも、やはり置いておきたい。』

『分かりました。しかし辞めさせぬにしても、けして手ぬるい処分ではなりません。

本人の為にも賞罰は明確にすべきです。』

『うむ。昇級停止か子会社出向か——それは任せる。一社員の処遇にそこまでしゃしゃり出はせんが、思い詰めて辞表を出したりなどせんように、よくなだめておいてくれ。

七転び八起きという言葉もある、と。

あと、言うまでもないが、怪我をしたお客さんへの社としての対応も抜かりなく、な。』

『はっ。』

相変わらずワガママを、と思うのでしょう、考え込む表情ではあるにせよ、それ以上に何も言わず役員は会長室を去る。

畳二畳分もありそうな大きな机からゆっくりと身を離し、ギシ、と音を立てこれまた大きく立派な椅子の背もたれに体を預けると、しばし薗田会長はまた眉の先をいじりつつ、はるかに若輩の、一介の平社員に思いをはせる。

（仕方のない奴だ。酒での失敗はもう、武勇伝や若気の至りでは済まされん。20～30年前と違い、えらく企業倫理やコンプライアンスがうるさくなって来たというのに――俺が昔、ライバル企業の連中と殴り合ったり、潰し合いに手段を選ばなかったような時代はとうに過ぎたのだ。そんな荒っぽい世ではなく、ミスを避け、そつなく生きる者が得をするご時世なのに。）

ふっと息を吐き、会長は壁の一角に掛かった古い写真に目を向ける。もう40年近く前の町工場時代、まだ10人前後に過ぎなかった従業員らとボロ建屋の前で撮った、セピア色の集合写真。

その頃の自分は誰にも負けぬほどの暴れん坊だったたし、これまでずっと、社員を減点主義で評価した事などほとんど覚えがない――しかし今は互いが互いを監視して、挙げ足をとったり重箱の隅をつつく時代、浜谷の失敗はとうてい看過されるものではない。

（まあ、廻り道するのもいい経験かも知れん。お前はまだまだ若いんだから。

視野を広くし考えを深めたい、と言っていたはずだ。）

恐らくこれまで挫折らしい挫折を知らぬのであろう、鼻っ柱が強く青臭いあの男が、いずれ手痛い失敗の味を噛みしめる必要があったとすれば、まだ取り返しのつく年齢である方が良い。自分の価値観にばかりこだわるのではなく、少しは他人の感情や周囲の視線に気を配るようになるだろう。

（こんな事でいじけたり腐ったりするなよ、浜谷——）

ニュースの事故映像を見て、５年前の出来事をまざまざと思い出していた浜谷氏。あれから病院で工場でさんざん頭を下げひたすらあやまったのち、寮の部屋で謹慎していた彼に数日して下された処分は、降級と減俸、そして販売子会社への出向。意外な事に、クビではなかった。

それを宣告に来た人事部の人間から、『あるえらい人』からの、決して自棄《やけ》を起こすな、会社は今回の事でダメ社員のレッテルを張ったり見放した訳ではない——との伝言を聞かされた。そのえらい人が誰であるかは、問い返しはしなかったけれどおよそ見当はつき、まずクビだろうから近々戻る、などと書きかけていた実家への手紙を破り捨て、『ソノタ自販埼玉』で働くことを受け入れた——

（救ってもらったんだなあ、俺は。）

テレビの画面はとうに深夜バラエティーに替わり、芸人と水着のお姉さんらがキャーキャー騒いでいるものの、ちっとも興味を惹かれない。チューハイもほとんど飲み尽くしてしまったけれど、まだ眠ろうという気も起きず、浜谷氏はあぐらをかいたまま身動き一つしない。

十三

同じ晩秋の頃、小雨模様のある日。

夜の9時近く、看板を照らすスポット・ライトやネオンが皓皓《こうこう》とともる『フレンチRamen・マルソー』では、仕事帰りのOLらしき女性が一人食後のハーブ・ティーを喫しているのみで、実に閑散としたもの。

午前11時に店を開け、午後の10時前後まで、2人だけでやっているラーメン店にしては営業時間がえらく長い。ラーメンだけでなく各種飲み物を出す喫茶店の面があるからにせよ、オープン1年にもならぬうち、早くもマルソー氏もママ（麗菜）も少々疲れ気味。

通常、繁盛店では3~4人で麺を湯がいたり盛り付けたりと流れ作業で注文をさばくのに、ママを応対や片付けなど客席周りに専念させ、厨房を一人でこなすマルソー氏は特にしんどそう。

コンビニで買ったおにぎりを頬張りつつ、厨房の丸椅子で休んでいる氏が、

「そろそろ、1人ぐらいバイトを入れたいなあ。」

と、カウンターの隅に座るママに小さくぼやく。

「そうねえ、お昼とか夕方の忙しい時間帯は、お客さんを待たせちゃうこともあるものね。」

「弟がここに来てくれれば一番頼もしいんだが、お母サンをフランスで独りぼっちにも出来ないし。」

「そりゃあ無理よ、そんな可哀想なこと。分かってるくせに――弟さんだって向こうの暮らしがあるんだし、人を増やすなら、こっちで募集する方がいいよ。」

こうして内輪の話をする時も、パリ在住時と違い、2人はなるべくフランス語を使わず日本語で話す。やや寂しくはあるけれど、こちらに根を下ろして頑張ると決めた以上、さらに客商売ともなれば、少しでもマルソー氏の日本語が上達せねばならぬのは言うまでもありません。

その甲斐あって、もう在日6年になるマルソー氏は時に『てにをは』がおかしかったりもするけれど、苦もなく客と話をし、冗談も言う。

2人で来日（1人は帰国）して真っ直ぐに、麗菜の実家・両親のいる田園調布の邸宅に住み着いて、マルソー氏は引っ越し助手や工場労働、麗菜もスーパーのレジ打ちやら清掃のバイトやら、せっせと働いて資金を貯め自立を目指す。その間、マルソー氏は正式に麗菜の伴侶となり、双方の親たちを安心させるとともに、日本滞在における不安定さを解消します。

裕福な実家に戻って来たのだし、そんなにむきになって2人で稼ぎ自立しようとしなくとも、落ち着いて定職を探せば良いのに、と親も周囲も思うのだけれど、そこはやはり2人にも意地がある。フランスに9年もいて結局何をしたのか分からぬまま戻って来た麗菜、入《い》り婿《むこ》みたいに甘えきりになるのはプライドが許さないマルソー氏にしても、寄食者ではなく自分らの力で生きてゆきたい。

まあ戻って来ただけで充分嬉しいし、結婚もしたのだし、と思う両親との間にナアナアというか妥協が成立、多少の資金援助も受け、世田谷区とは段違いに地代や家賃の安い埼玉県に移り、こうして店をオープンしたのでした。もの珍しさもあるのでしょう、今のところはそこそこ順調、諸経費を引いても何とか暮らせる程度ではあります。

それにしても2人だけではやはりしんどいと感じざるを得ない夫婦、もう1人増やすかどうかそれとも営業時間を縮めるか、早急に結論を出す事も出来ないし、そろそろ閉めようかと思い始めた時。

カランカラン――扉のベルが鳴り、反射的に顔を向ければ、なにか悄然とした様子の若い女性が歩み入って来ます。外で払うべき、傘や服からしたたる水滴が床にポタポタ落ちるのに、全く気付きもしない。

「あら……久美ちゃん。こんな時間に珍しいわね。」

「……」

「雨も降ってるのに、寒かったでしょ?」

立ち尽くし、無言のまま麗菜ママを見つめる久美ちゃんの眼から、ぽろりと涙が落ちたと見れば、ひくひくと口元や頬が引きつれる。

「ん——どうしたの、何かあった？」

立ち上がって2歩3歩と近づくママに、わーっ、と声を上げて抱きつく久美ちゃん、ベージュ色のエプロンに顔を埋め、とぎれとぎれに訴えるのでした。

「わたし、シャメル・ジャパン落とされた……。せっかく最終まで行ったのに——」

「まあ……」

「ぜひ来て下さい、なんて2次面接の時言われたのに、なんで……」

大人の狡《ずる》い、その場の都合の良い言葉を真に受けていたのであろう久美ちゃんが、ひとしきり泣いたあと、しゃくり上げつつもようやく声をおさめると、ママはまだ残っていた女性客にぺこりと頭を下げてから、寄り添うように久美ちゃんの背を押し、カウンター席に落ち着かせます。

何か込み入ってるな、とは誰が見ても分かるため、女性客は立ち上がってマルソー氏に会計を済ませ、やはりぺこりと一礼する氏に微笑んだのち、店を出てゆく。

「ごめんなさい、私……お店でギャーギャー騒いじゃって……」

迷惑をかけたと気付き、ようやく静まった久美ちゃんの頬や眼の周りを、ママはおしぼりを手に取りチョイチョイとぬぐう。

「いいのよ、別に。でも——せっかく頑張ってたのにねえ。」

「私、口惜しいっていうか、納得行かないっていうか……」

「うん……でもシャメルだけが会社じゃないし、他にも受けてるんでしょ？」

「まあ、別のブランドやアパレルも残ってるけど――」

「そう、じゃあヘコまないヘコまない。これからじゃないの。」

さてぼちぼち、と扉の外に『本日終了』の札を掛け、スポット・ライトの明かりを落とすなどしていたマルソー氏、おもむろに2～3《メートル》離れた椅子の1つに腰を下ろす。しばし2人の話に聞き入ってから、ガタンと椅子を鳴らして身を乗り出し、眉を上げて両手を広げ、口をはさむ。

「シャメルに入れなかったのがそんなにクヤしいだったら、ファッションの本場のパリに行って、勉強すればいいじゃない。

いろいろおぼえて、デザイナーになって、『クミ・サトナカ』ってブランドを起こしてさ、シャメルなんか見返してやれば――」

ママ「馬鹿ね、女の子独りで外国で頑張るのがどんなに大変か、私を見てて知ってるでしように。やりたいこと以外で、あれこれ苦労するんだから。それに、パリは世界一のファッション激戦区なのに、そんなこと簡単に言わないの！」

マル「ま、まあそうだけどさ。」

ママ「それに私の時と違って、久美ちゃんには決まった彼氏がいるんだから。約束もしてるって聞くし。

フランス行きなんてそそのかしたら、ツヨシ君が黙ってないでしょ？　怒鳴り込んで来たらどうするの。」

マル「ん…そりゃそうだ。」

やり込められ、口がへの字になり視線を落とすマルソー氏の表情がおかしかったか、涙の止まった久美ちゃんが、クス、と笑いをもらす。もしかして、あまりにがっかりして見える彼女の気分を変えようとマルソー氏があえて道化を演じ、それを察したママがすかさず受けたのかも知れません。パリへ行って一旗あげ、シャメルを見返してやれ——などと無責任な提案を、本気で言ったはずもない。

ママ「やっと笑ってくれたわね。しゅんとしてたらどこも受からないぞ。元気出さなきゃ、ね？」

久美「うん——わかった。シャメル嫌いになったから、もういい。

ベルマーチもクリスチャン・オデールもまだあるし、日本の服飾メーカーだって……」

マル「ここを手伝ってくれても構わんよ。おしゃれな店員さん、ブランド・ショップばかりじゃなくて、ラーメン屋にいてもいいじゃない。」

久美「えー（笑）。どうしようかな。」

そのあと日付が変わる間際まで、フランスの思い出話やら最近の身辺の出来事やらをさまざまに語り、気を紛らわせ明るくさせようとしてくれる夫婦。

それは痛いほどに分かるので、傷心がすっかり消え去るはずもないけれど、もともと負けん気の強い面がある久美ちゃんは気丈に応じたり笑ったり。疲れているに決まっているのに、早く帰れなどという気色はまるで見せずに慰めてくれる夫婦のためにも、いつまでもうじうじしてはいられない。

「じゃあ――もう帰ります、マルソーさん、ママ。お騒がせしてごめんなさい。」

「そう、気を付けてね。夜道は危ないから。次はいい知らせを聞かせてね。」

「うん、じゃまた。」

パタンと扉が閉じ、ややあって窓の外に傘を差した久美ちゃんの後ろ姿が見え、ほどなく視界から消える。どれ、と立ち上がった２人は厨房の食器や調味料・食材などを片付け始め、およそ始末が付いたころ、ママが思い出したように言う。

「この店を手伝ってくれなんて、もしか本気で言ったの？」

「うーん、少し。」

「あの子はまだ夢や希望がいっぱいの年頃なんだから、まあ来るわけがないって。」

「ここにはユメとか希望はないのかな。」

「そうじゃなくて、一度は華やかな世界をのぞいてみたいのよ。

私もそうだったけど、キラキラして見える所に引き寄せられるっていうか。人にもよるんだろうけど。」

「ふーん、なるほど。でも、レナとクミちゃんが2人いれば、ここもいっそう華やかになって、お客さん沢山来るのになあ。

もうかれば2号店3号店と出して、いずれチェーン化出来るのに。」

「あは、あなたはあなたで夢みたいな事言うわね。」

戸棚の扉を全て閉め、ガスの元栓を閉じ、店内も周囲もとうに静寂に包まれた深夜、やっと長い一日が終わる。

その翌々日。やはり夜の8時を過ぎた頃、今度は『ビーバーブルック商会』横浜支所の駐在員、アーネスト・サットン氏がひょっこりと顔を出す。

「やあ、頑張ってるかい？」

「お、いらっしゃい。元気そうだね。」

「ああ。またこの近くに来たからさ。」

どうもこの頃、遅くなってからややこしそうなのが来るな、と内心マルソー氏が思ったとしても、むろん表情や態度には出すはずもありません。しかし店、とくに飲食店は長くやるほど少しずつ、先日の久美ちゃんのように、なじみの客が様々な事を訴えに来る駆け込み寺かざんげ室の面も出て来ます。

店の中ほどのテーブル席、手前の椅子にドカッと大きなバッグを置き、反対側に腰を下ろしたサットン氏、水とともにママが出してくれたおしぼりを手に取ると、首や顔をぬぐったりゴシゴシこすったり。漆喰のごとく白い皮膚が、こすった個所から見る見る赤くなる。どこで見覚えたのか、本国ではけしてしなかったであろう、日本人そのもののふるまい。

「ふー、さっぱりさっぱり。いい気持ちだ、はっは。

さて食事食事——えーと、トマトスープの麺に半ライス。あと食後にティーを。」

やや長めの栗色の髪と水色の眼、ネクタイとスーツをピシッと決めてどこから見ても育ちの良いイギリス人の彼が、また耳の後ろや手をゴシゴシやり始めるのを、そのギャップにおかしさを覚えるらしいママ。

「今日も外廻り？　遅くまで大変ね。」

「いやあ、大変といえば大変だけど、面白い方が大きいよ。いろんな和《ワ》の物を見つけてはヨーロッパへ送り、評判になったりもするし。

関東ばかりでなく、最近は北陸やタカヤマにも行くしね。あと、ちょっと遠いけど、サドや対馬なんかも興味あるな。」

「へえ、よっぽど日本の物が好きなのね。言葉だって、うちの亭主よりずっと上だし。」

「そりゃあ、子供の頃からずいぶん勉強したもの。留学に来てた日本の学生と仲良くして、たくさん本を読んで。

好きこそものの上手なり、ってやつさ。」

「あはは、ことわざもなかなか詳しいじゃない。」

少しして、湯気の立つ出来立てのラーメンと小さな椀に盛ったライスをママが卓上に置けば、パキ、と割り箸を2つにしたサットン氏はその先をギシギシとこすり合わせてささくれを取ってから、フーフー息を吹きかけつつ食べ始めます。

「うーむ、旨い。スープも麺も。」

マル「はは、イギリス人も味音痴って訳じゃないんだな。フィッシュ・アンド・チップスや、あの、生のウナギが入った変なゼリーよりはよっぽどうまいだろ？」

サ「まあね。」

マル「昔から、アメリカ人の女房をもらって、イギリスの料理を食べて、日本のせまい家に住むような男は、世界一不幸な男だなんて言うものな。」

サ「言ってくれるじゃないの、せっかく来たのに。まあ確かに、もう日本とかフランスとか、よその食べ物に慣れてるから、たまにクニへ帰って店で食べると驚くよ。こんなもの食ってたのか、ってさ。」

すでに、こういう事を言い合うのも互いに許すほど、打ち解けた間柄となっているサットン氏とマルソー夫妻。であるならば、『その事』に触れないのはかえって不自然で居心地が悪いのか、やむなし、といった口調でサットン氏が切り出す。

「それにしても――あの可愛いクミさんが、ホカの男と婚約してしまうとは。がっかりしたよ、全く。

僕の良さを分かってくれなかったのかなあ。」

「ふむ、諦めろ諦めろ。その彼氏とはローティーンの頃からずっと仲良くしてたっていうし、今さら割り込むのはムリなんだよ。付き合いの深さが違う。

キュートな女性はあの子一人じゃないんだし、よそで探す方がいい。」

「そうなのかな。」

「あんまり気を落とすなって。レンアイはともかく、他に力になれるコトがあれば何でも言ってくれ。」

年上でもあり、気の良いマルソー氏が何気なく漏らした言葉に、意外にもサットン氏はすい、と顔を上げ眼を光らせる。

「言ったね、今。何でも力になると。」

「ん――その、俺らに出来るハンイでさ。

金を貸せとか書類にハンコ押してくれとか、そういうのは駄目だ。」

「はは……そんなんじゃない。まあこれを見てくれよ。」

立ち上がったサットン氏はテーブルの反対側に廻り、バッグのファスナーを開け中をごそごそまさぐると、新聞紙に包まれたかたまりを２つ取り出す。

「なんだ、それ。」

「焼き物だよ。箱すら無いけど、素晴らしい出来なんだ。」

両手で抱えカウンターに歩み寄ったサットン氏、慎重にコトリとそれらを板の上に置き、新聞紙を引きはがす。出て来たのは、かの埼玉北部に一人で住む陶芸家の作品。

美しいものに目がない麗菜ママがぱっと表情を輝かせ、口を半開きにしてまじまじと眺める。

「わあ、きれい……」

一つは直径10チセンほどの片口《かたくち》、浅い茶碗のような形の一方が注ぎ口となっており、白い地に藍色の麻の葉模様。

もう一つは高さ25チセンくらいの酒器、割と見慣れた中国風の花入れとも見えるけれど、六角形の角張った胴から伸びる短い首の曲線が実になだらかで対照的。赤い実を付けたなつめの枝、とまって身を縮めている小さな目白の絵柄が有田《ありた》の色づかいのようにも思えます。

「ふむ、確かに美しくはある。」

「それどころじゃないわよ。上ぐすりも色合も、見たことないほど綺麗じゃないの。」

「そう?」

「このなつめの赤なんか、火を入れてるはずなのに、どうしてこんなに鮮やかなんだろう。磁器顔負けね。」

「でしょ？　この釉薬は独自の工夫らしい。見本をロンドンに送ってみたけど、向こうでも絶賛だったよ。見る人が見れば一目ですごさが分かる。」

「ふーん、そうかね。」

けして奇をてらった形や配色ではなくオーソドックスさを基調としているけれど、麗菜ママのように審美眼のある人には、はっきりとその非凡さが伝わります。大向こう受けを狙うのではない、自身の感覚を貫く妥協のない姿勢も。

「一人でやってるから作品自体少ないし、納得いかないものは割ってしまう。

時々美術品の店や展示会に出したりはするらしいけど、まだ知る人ぞ知る、ぐらいの作家でね。」

「で、これをどうしろと言うんだ。買えと？」

「それでもいいけど、売り物として、どこか店の片隅にでも並べてもらえば。売れればもちろん、あなた達に歩合が入る。

作家にもウチにも、あなた達にも悪くはないはずだ。」

「ふーむ、置けんことはないがね。場所的には。

でもレストランだか食器の店だか分からなくなるのもなあ。どう思う？」

「いいんじゃやない。ファミレスでもファーストフードの店でも、そういうタイアップはしてるんだし。

焼き物を好きな人が見に来れば、ラーメンも食べてくれるよ、きっと。」

酒器の首と底にそっと手を添え、赤ん坊でも抱くようにゆっくり胸元まで引き寄せると、ほれぼれと眺め続けるママ。その様子に、美しいものには眼の色が変わるパートナーの性分をむろん熟知しているマルソー氏は、もはや反対する気もしないよう。

「じゃ、近々いいものを見つくろって10個ばかり持って来よう。奥さんにもっといろいろ見せてあげたいし。

別に問題ないだろ？」

恋愛につまずこうとも、ただでは起きないサットン氏。ホーンブロワーやシャーロック・ホームズではないけれど、さすがしぶとさでは世界に聞こえた英国人。

十四

年の瀬に向け駆け足で残りの日は過ぎ去って、いつものように大みそか、正月が来る。

さらに2ヵ月以上を経ても久美ちゃんの就職が決まった以外、小平君や浜谷氏、またマルソー夫妻やサットン氏にもこれといった出来事もない。

ソノタ・グループの総帥・薗田会長は相変わらず衰えも見せず、年末年始のパーティーや会合、その後に続くさまざまな行事や予定も何なくこなし、寒い季節に風邪を引く気配もありません。年度末もほど近いある日、本社ビルの最上階、奥まった会長室で自分のデスクにでんと構え、女性秘書と翌月のスケジュールの調整中。

「――よし、こんなもんか。入社式も省庁廻りも、主な予定はみな収まったし。他は近くなってから微調整すればいい。」

「はい、承知しました。」

「あ、そうそう、菊川君。例の経済専門誌のインタビューな、今月中どこか空いてるところに入れといてくれ。

あんまり待たせるのも悪いから、さっさと片付けよう。」

「はあ。でも、もうこれ以上は詰め込まない方が――このところお忙し過ぎて、ずいぶんお疲れでしょうに。」

「何の、疲れてなんぞいるものか。俺はもう50年もこの調子だ。トップが気を緩めたら示しがつかん。」

「あまりご無理をなさったら心配ですよ。いくら会長が並の人とは違うにしても……」

「ふむ。」

「じゃ、今お茶をお持ちします。」

美しく知的、気配りの細やかさも大いに気に入っている秘書が出てゆくのを見送って、おもむろに椅子を半回転させ、ブラインドが引き上げられたガラス窓の外に会長は目を向ける。ふー、と一息ついて肩や首をこぶしでトントンと叩き、高層ビルが林立し何車線もの幅広い道が縦横に走り、大企業の看板や屋上構造物を午後の陽がのどかに照らす、広々とした風景に見入ります。

(何とまあ盛んなものだ。さすが首都というべきか……。

さんざん爆弾を落とされて一面焼け野原と瓦礫の山だったのが、今はこんなにもなったか。まったく、同じ場所と思えん。)

はるか遠くをゆったりと上昇中の、どこの国とも知れぬ丸っこい旅客機、一すじに伸びる飛行機雲がやけに白っぽく青い空に映える。

(十年一昔なんて言うけれど、その5倍も経ってれば当然だな――俺もいつの間にか昭和の化石か。残った時間で、あとどれほどの事が出来るやら。)

(もう俺が見てるだけで70年以上も、毎日毎日一日も欠かさず、朝になれば陽が昇り、世は明るく照らされる。当たり前かも知れんけど、実に大したものだ。たまには休もうとかさぼろうとか思わないのかね、お日様も。

いやいや、とうてい俺の及ぶところではないな――)

そんな心中の賛辞にお日様が応えたのかどうか、雲の陰から不意に差した陽がガラス一杯にまぶしい光を注ぎ込み、部屋の床にくっきりと四角いコントラストを描き出す。その暖かさを体の真正面に受け、思わず会長はうっとりと目を細める。

（いい日だ……）
ほんの2、3分だったはずなのに、盆に茶碗を載せた秘書が廊下を戻り、会長室のドアを開け中に入った途端。眼を見張った彼女が固まったように動きを止め、盆を取り落とすと、

「キャアーッ！」

と振り絞るような悲鳴を上げる。その視線の先には、椅子から崩れ落ち床に横たわったまま、ぴくりともしない会長の姿が。

フロア中に響く悲鳴に、何ごとかと飛んできた他の社員らも束《つか》の間愕然としたものの、大慌てで救急車が呼ばれ、駆けつけた隊員が脈や呼吸を確かめたり、腕をまくって血圧を計ったり。やがてそっとストレッチャーに乗せられた会長の体が、泣きじゃくる菊川秘書はじめ多くの者が見守る中、ゆっくりと室外へ運び出されてゆく。

ところがその一部始終を、部屋の天井近くにふわふわと漂いつつ眺めていたのは、薗田会長の『意識』もしくは『主体』。

〈……何ということだ。俺はここにいるのに、誰一人気付かんとは。

しかもいま運ばれていったのは、どう見ても俺の体じゃないか。〉

がやがやとざわめいたり呆然と立ち尽くす社員らを見下ろしつつ、幽体離脱か何か知ら

ないけれど、体と魂が離れてしまったのだと理解する他はない。

〈ご臨終、って様子じゃないから、どうやら体は生きているらしい。突然死した訳ではなさそうだ。

しかし俺は、俺の意識は、こうして宙から部屋の中を見渡している。こんな事があるとは――〉

少しして、専務や常務・秘書室長ら役員数名を残し他の者は部屋を去り、ガチャンと内鍵を掛けてから、一同はボソボソと鳩首会議を始めます。

〈うーむ、俺が倒れたとなれば、こいつらで会社を回すしかなかろうが……どうも頼りない。くそ、道半ばで――〉

焦慮に堪えぬ会長（主体）が思わずじたばたと手足を振り回せば、なんと右腕がスッと壁の中に入り込み、全身？がスルスルと壁を通り抜けてしまう。

〈あれれ？……〉

そのまま宙を漂い廊下を過ぎ、同じフロアの給湯室、換気扇のそばへたどり着く。流しの前で、２人の女性社員がひそひそと話し込んでいます。

「びっくりしたー。会長がいきなり倒れるなんて……一体どうなっちゃうんだろう。」

「この会社は薗田会長がつくったんだし、カリスマっていうか大黒柱だったのに……。あーん、心配だよー。」

「ほんと、これじゃ落ち着かなくて、仕事になんないよ。」

うむうむ、そりゃそうだ。けなげな事を言ってくれるわい——と思わずにんまりしていれば、変ににやけた40代の男性管理職が、のそりと給湯室に入って来ます。動揺する女子社員らを落ち着かせようとしてか、はたまた面白がっているだけか、下品な笑みをたたえたまま口を開く。

「ふん、オヤジも年だったからなあ、ははは……。まあ仕方ない。大きな声じゃ言えんけど、世代交代になればかえっていいんじゃないの？」

「そ、そんな事言わない方が。ダメですよ、課長……」

「そうですよ、不謹慎でしょうに。」

「そうか？　いつまでも創業者が居座って、独裁者みたいに牛耳ってるより、風通しが良くなって近代化するんじゃないのかね。どっちにしろお年寄りには潮時だったし。わはは——」

「………」

〈こっ、この野郎！　いままで俺の前で借りてきた猫みたいに物もよう言わんかったくせに——こうも豹変するか。

よーし、お前の性根は分かったぞ。生き返ったとしたらタダじゃ済ませんからな、覚えてろ。〉

なるほど普段いかにも忠実げに取り繕ってはいても、こういう際に人の本性が現れるのか、と改めて痛感します。

他の社員の様子はどうだろう、別のフロアも見に——と思っていれば、意に反し何かに引っ張られるように会長は本社ビルを漂い出て、都内のあちこちをさまよい始めます。

飛行機でもヘリコプターでもなく、身一つ？で高空から地上を俯瞰すれば、子供の頃の鳥になりたいという願望がついに叶ったか、とわくわくする思い。

原宿・渋谷の上空に来たとみれば、孫のような世代の人々が路上に店に群れをなし、ぞろぞろ歩いたりワイワイざわめいていたり。それぞれに、目がチカチカしそうなパステルカラーの服や靴、紫や金色の髪、青や緑のカラコンを入れ、とりどりのアクセサリーで身を飾り、時におへそや足が丸出しの美少女アニメ風の女性もいたりして、個性を競い合うように自由きわまりない姿。鼻や唇に輪っかを下げて、どこの国かと思わせる人も。

〈ふーむ……猫耳やら丸い玉やら、あんなに頭に付けて。虎の着ぐるみで歩いてるのもいるとは、こりゃまるでハロウィンだな。

——おや？　あの2、3歳ぐらいの子供、ゴジラのぬいぐるみだ。背びれと尻尾を振り回して走ってる。

何とまあ、俺が仕事ばかりしているうちに、日本はこうも変わったか。〉

自分はもう、時代に取り残された遺物なのだなあ——と、寂しいというか妬ましいというか。

次に秋○原へ来てみれば、まるで正反対、やけに地味でオタクっぽい、暗そうな男らがのそのそだらだらと大勢路上を行き来して、けばけばしい看板やポスターがやたらと目立つ怪しげな店の前にメイド姿やアイドルもどきの女の子が立ち、男どもに声をかけている。頭の禿げた初老の男が、10代後半としか見えない女性と笑いさざめいたりじゃれついたり、並んで写真を撮ってみたり。

〈ここはカメラや電化製品の街だと思っていたが、何だこりゃ。あのハゲのでれでれした締まらん顔ときたら……。

堕落なのか無恥というべきか、ソドムやゴモラも真っ青だな。〉

そう言えばあと数年でノストラダムスの予言する終末の年、まさに世も末か——などと嘆いていれば、急に空の一角に現れた黒雲がゴロゴロと不気味な音を轟かせ、ピカリと稲妻が走った途端、その先端が会長を打つ。

〈ぎゃっ!?〉

痛くはなかったにせよ、経験したこともない衝撃に、そこで意識はプツリと途切れる。

どれほど経ったのか、またどんな訳なのか。

ふと気付けば会長は、ベンツともロールスロイスとも知れぬ、かねがね自社で作りたいと思っていた大型乗用車のハンドルを握り、広く長い、どこかの高速らしき道を走っていま す。道以外に山も川も人家も見えず、等間隔の細長い外灯が延々と前方に連なるだけの無機質な光景。

〈はて……こりゃ一体どんな状況なのだ？　いつの間に車の中へ――どこへ向かっているのだろう。〉

他に走る車もなく、停まったとてここに何がある訳でもなさそうだし、やむなくひたすら進んでゆけば。前方に枝分かれした細い道が見え、分岐点のかたわらに「28」とのみ書かれた標識が立っている。

〈ルート28……どこへ行くのか知らんけど、先に何かあるのかも知れん。このままただ走るよりは良さそうだ。〉

その脇道へ降り、数キロほど走ったかと思うころ、目の前に下町らしき住宅や工場のかたまりが現れる。

〈おお、やっと人の住む所へ出た。それにしても――これはまた、やけに古臭い雰囲気だが……〉

のろのろと、舗装もされていない轍《わだち》のついた土の道を、水たまりをよけつつ進んでゆけば、何やらどこかで見たような一角へたどり着き、忘れもしないオンボロ工場の前に。

〈む、このペンキで書いた看板――『薗田自動車整備』!?　おいおい、こんな馬鹿な――〉

車を停め、半分開いた工場の扉から中をのぞいてみれば、地べたに転がったレンチやジャッキ、工具箱、天井から吊り下がる裸電球の灯りが見え、その下でちっぽけな車のボンネットの中に上体をかがめエンジンを整備中の男がおり、その傍らで上半身シャツ一枚、腕を組みじっと見つめているのは、まさに男ざかりで筋骨隆々、40数年前の自分の姿。

まだ商売を立ち上げて2、3年だったはず。

〈むむ――何で昔の自分を、俺はこうして眺めているのだ。タイムスリップ……それとも頭が錯乱してるのか？〉

腕を解き、大口を開けて怒鳴りつける若き自分、へいへいと頭を下げ取り組み続ける整備士、入口前に停まった大型車にも見つめている老いた自分にも、全く気付く様子がない。

聞き耳を立てていれば、どうも、このままでは客との約束に間に合わない、何をやっているのだなどと若き自分は部下を叱りつけている。整備士の眼にうっすらと涙が浮かんでも、馬鹿野郎だの役立たずだのとわめき散らす。ついには一発、ゲンコツを喰らわせてしまいます。

〈何もああまでせんでも――一所懸命やってるじゃないか。〉

ようやく口は閉じたものの、涙を流し再び取り組む整備士の間近に立ったまま、また20代の自分は腕を組み、険しい目付きでにらみ続けています。歯をぎりぎりと噛みしめ、足はいらいらと地団駄を踏んでいる。

〈真横に立って恐ろしい眼でにらんでいたら、縮こまったり震えたり、余計手が動かなくなる。人の使い方をまるで分かっておらん。〉

こうして第三者の眼で若き自分を見ていると、記憶にある以上に荒々しく激しい。立ち上げたばかりの零細企業を何とか潰さぬよう、生き残るため必死だったとしても。

〈なるほど昭和、まして戦後10年も経っていない頃はずいぶんと荒っぽかった。パワハラなんて言葉もなかったし、軍隊調だし――しかし時代のせいばかりには出来んな、あれでは。〉

後悔と、仕方のない面もあったという思いが胸の内で交錯していれば、大型車はひとりでにするすると走り出して工場から遠ざかり、下町を抜けてゆく。

〈これは――何者かの意思で、俺に過去の行状や姿を見せ、追及しようという事か？〉

――再び会長は同じ車のハンドルを握り、元のように高速道を走っている。もはやはっきりと、神かエンマ様か知らぬけど、見えない力が自分をこうして引き回し、何かを伝えようとしているのだと悟ります。

ならば、と迷いもなくひたすら突き進んでゆけば、やはり先ほどと同様に、分岐点と標識が現れる。標識に示された数字は「45」。

〈45歳……60年代の半ばだな。〉

枝道に降り、やはり数キロも走ったと思われるころ、今度はアスファルトのきれいな道がまっすぐに伸びる、見覚えのある都市に入る。堂々たる門構えの大きな製作所へたどり着き、工場建屋の真横に停めると、車を降り、窓に張り付いて中を覗いてみます。

お祝いの式典が始まったところと見え、壁に大きな横断幕と花飾り、生産ラインの上をぴかぴか光る新車がゆっくりと動き出す。

大勢の立派な身なりの来賓と、従業員らが一斉に拍手。

〈うむ。これはソノタの乗用車第1号の、お披露目式だ。〉

一段高い壇上に立った40代半ばの自分が、蝶ネクタイとスーツで身を固め、右手にシャンパンのグラスを持ち、挨拶を述べる。朗々とした威勢の良い声、何の翳《かげ》りもない満面の笑み。

横に立つ貫禄に満ちた政権与党の大物大臣が、バタバタと扇子で顔をあおぎつつ、よっしゃよっしゃとしきりに頷《うなず》く。女房も後ろの列に立ち、会場全体に愛想の良い笑顔を振りまいています。

〈一番良かった頃だ。あの得意そうな顔……株式も上場出来たしな。〉

来賓の挨拶となり、まずは大物大臣が、「よっ。」とばかりに右手をかかげ、盛大な拍手ににこやかに応じつつマイクへ歩み寄る。

まさに、のちに『今太閤《いまたいこう》』と呼ばれるにふさわしい圧倒的な存在感、千両役者ぶり。

『ま、その—……これからのモータリゼーションの時代、自動車立国を目指す我が国の新しい旗手として大いに期待を集める薗田畝男君が、こうして自らの力で乗用車を世に送り出す事になったのは、まことにあっぱれ、喜ばしいことであります。よっしゃよっしゃ（場内大爆笑）。

彼も私と同様、裸一貫、徒手空拳の身から――（後略）』

そのあともう一人えらい人の祝辞を経て、全員でグラスを持ち上げ乾杯。

それにしても居並ぶ従業員の面々、なんとみな明るい表情なのだろう。ちらほらと交じる見知った顔もみな若い。

当時の日本は急速に経済発展が進み、その後は考えられもしないけれど、多くの企業で毎月のように給料が上がったものだ。頑張って働き、アメリカ並みにいい暮らしを、車をマイホームを、冷蔵庫をテレビを――と誰もが希望にあふれていた時代。

〈俺にも日本にも、こんな輝くばかりの時代があった。まだ世界的企業には程遠かったにしろ――〉

ほれぼれと眺めていれば、10メートルほど離れていた大型車が音もなくススス……と寄って来て、運転席側のドアがバカッと開く。さあ早く乗れ、次に行くぞとせかしているのがはっきりと分かります。いら立っているらしく、左右のタイヤをもぞもぞと動かす。

〈はいはい、いつまでも浸っているんじゃない、と言いたいんだね。いいですよ、どこへなりと行きましょう――〉

再び同じ経過をたどり、やはり高速道の上。

しかし今度は乗車時間がやけに長い。

右に左に道は大廻りし、さらに延々と直線が続き、いい加減うんざりしてきた頃、やっと前方に現れた次の別れ道、そして標識。

〈ほう、80……80!? 俺はまだ74なのにどういう意味だ。

未来の自分を? あるいは……〉

とまどう間もなく、ハンドルは勝手に切れて車はその道へ進む。前2回とは異なり、道の両側は広々とした草原が続き、見渡す限り緑一色のゆるやかな起伏。ぽつぽつと見える白樺やぶなの木、明るい陽光が小川に反射してキラキラと美しい。

のどかな風景に思わず頬をゆるめていると、しばらくして眼前に現れたのは丸い石に一面おおわれた川原、水量豊かなとうとうたる流れ。ひとりでに車はその手前で停まり、再びパカッと運転席側のドアが開く。さあ出ろ、といった意思表示が明らか。

うながされるまま地に降り立つものの、何をしろと言いたいのか、むろん見当もつきません。

〈はて、何の変哲もないただの川原——誰もいないし建物もない。

もしや川を渡り、ここから先は自分で行けと? しかし橋どころか小舟すらないし……〉

一体どうしろと——不審のままに川原の石を踏み、ほとりまで出る。

しばし辺りを見廻していれば、対岸やや遠くに繁る白樺の林から、ふと姿を見せる一人の中年女性。かすかに笑みを浮かべつつこちらに視線を向け、おもむろに歩み寄って来ます。

『あっ！』

ゆったりと歩を進め川べりで足を止めたのは、見まごうはずもない死に別れた妻。最後に着せた白装束ではない、ありきたりのカーディガンに丈の長いスカート、白靴下にサンダル履き、かつて見慣れたまったくの普段着姿。

『お、お前……』

『お久しぶりです、あなた。もう30年近くになりますわね――』

再会の感激とか涙ぐむとか、大きな情動らしきものはまるで見せず、観音様のごとく妻は静かに微笑み続ける。

『そうか、迎えに来たのだな。ここは三途《さんず》の川――』

『たしかにここはその川ですけど、迎えに来た訳ではないのです。あなたはまだ、こちら側へ来る人ではありません。

引き返して、なすべき事が残っています。』

『……』

戻って何をせよとはっきりとは言わず、自分で考えなさいと言いたげな口調に、煩悩を抜けきらぬ現世の老人は、思いつくままに問い返す。

『では、また仕事に精を出し、世界一の企業を目指せと?』

『いえ、そうではなくて——あなたは全く、いくつになっても変わりませんのね。仕事仕事、そればっかりに気が行ってて。』

『そ、そうか……』

『私が子供を一人しか産めず、その子も早くに亡くなって、2人ともこちらへ来てしまったから、いっそう拍車がかかったのでしょうけど……』

『……いや、自分を責めることはない。家庭もかえりみず、大きくなりたい、世間に認められたい、その野心にばかりとらわれていたのは、俺自身に人としての問題があった。』

下を向き、しばし川原の石に目を落としていた会長が、再び顔を上げれば——

いつの間にか妻のかたわらに、20歳前に逝《い》った息子も無言のままに立っています。忘れようもない涼やかな目元。

『あ! せ、せがれ……』

思わず川中へ踏み出そうとした足が、凍りついたように動かない。そのさまを、むろんあざ笑うではないけれど、2人はニコニコと黙って見つめるのみ。

『お、おい、息子よ! 何か言ってくれ。せっかく会えたのに、何か言ってくれることはないのか?』

もがく会長をよそに、2人はくるりと背を向け、並んで白樺の林に取って返そうとする。

『おい！　待ってくれ……』

足を止め、すっと上体をひねり再び顔を向けた妻が、

『つぐない……』

と一言だけ発します。

『――つぐない？』

『そう、特に誰にというのではない、広い意味でのつぐないを――』

『それは何の事だ。い、行くな！　まだ……』

滂沱《ぼうだ》の涙にくれる会長を置きすてて、2人はゆっくりと林の中へ消えてしまう。

〈冷たいじゃないか、どうして――。

それに一体、何をせよと……漠然とし過ぎている。〉

肩を落としてしばしその場に立ち尽くし、手の甲で濡れた顔をぬぐっていれば、不意に、

『おい、薗田。俺を覚えているか。』

と、しわがれた男の声が響く。

いつの間に現れたか、やはり対岸の川べりに、作業服を着た40がらみの男と妻らしき女性、子供であろう10歳前後の男女が並んで立っている。みな青白い顔に乱れた髪、動かない眼でじっと会長に粘り付くような視線を向けています。

『?』

『ふん、忘れているか。やはり気にもかけていなかったな――

ミタゾノ自動車工業、と言えば思い出すだろう。え?』

『あ! う……』

『お前に客を奪われ、取引先のメーカーも横取りされて廃業したミタゾノだ。この顔を覚えとらんとは言わさんぞ。

きさま、自分が大きくなりたいばっかりに、共存共栄など考えもせず、ずいぶん同業者を踏み付けにしたな。おのればかり大企業の経営者として脚光を浴び、でかいビルの最上階でのうのうとふんぞり返って、それで満足か。』

『そ、そんな……。言い訳するつもりはないが、あの頃はそういう事も当たり前だったじゃないか。』

『当たり前だと? この野郎……。

ああそうさ、確かに商売は負けた者が悪い。競争だからな。しかし俺達は、潰し合いなど望んでもおらず、自分らと従業員の生活を守りたかっただけだ。

なのにお前はおのれの欲のために、同業者を圧迫して吸収できるものは吸収して傘下に入れ、従わない者は容赦なく踏み潰した。一体どれ程の人間が泣いたと思う。』

『む……』

『その後の商売もうまくゆかず、結局一家心中の道を選んだのは、俺が弱いせいだと言えばその通りだ。負け犬の遠吠えかも知れん。

が、お前さえいなければ、と思っていたのは俺だけじゃないぞ。』

男の眼は恨み、憤懣《ふんまん》、一言で言い表せない気色をたたえ、刺すような視線を全くそらさない。妻や子供らの眼差しも、鬼、悪魔と言わんばかりの憎悪に満ちている。

『早くこっちへ来い。待ってるぞ。』

『……』

『もっとも、地獄へまっしぐらかも知れんがな。』

やりとりのうちにも、男の背後に数十人もの老若男女が現れ、ことごとく白い眼を向けてくる。と思う間もなく、みな腕を振り上げ声を振り絞り、さまざまに罵詈を浴びせ始めます。

『人でなし！』

『けだもの！』

『お前など、閻魔《えんま》様がぜったい許さんぞ！！』

群衆は身をかがめて手に手に石を拾い上げ、ばらばらと会長目がけ投げつける。ほとんどは川面に落ちるだけにせよ、いくつかが頬をかすめ、肩を打つ。

〈なぜだ！？　俺は悪い事ばかりしていた訳ではない。多くの従業員を抱えて生活の資を与え、自動車業界の発展にも寄与したはずだ。それを認めてはくれんのか？

ライバルや同業者と戦い続け、結果として多くの敗者を生んだかも知れないが、それは自由競争の社会には付きものではないか。俺だって、大手メーカーに呑み込まれぬよう、潰されぬよう必死だったのだ――〉

浴びせられる非難と石に耐えかね、つまずきよろめきつつ川原を離れれば、群衆はこちら側にまで渡って来る気配はない。車も置きすててとぼとぼと道を引き返すものの、目に見えぬ何者かが自分に何を伝え、何をせよと示したいのか、まだ全く答えを得てはおりません。

〈大きくなるというのは、善悪いずれもともなうのか……〉

本社ビルから直線数キロの距離、広い敷地と空を圧する大きな建屋、某私立大学の病院。個室のベッドで上体のみを起こしている薗田会長と、丸椅子にかけた、30年以上仕えている運転手がぽつぽつと言葉を交わしています。届けられるたび運転手が抱えてきた、多くの花や果物籠で室内は実に色とりどり。

倒れて丸2日以上が過ぎたのち、目を覚ました会長がひょっこり身を起こした時は、付き添っていた秘書も看護婦も驚き呆れる他はなかったものの、大きな安堵と喜びに包まれたのでありました。

「昼寝でもしていたかのように、むっくり起き上がろうとされるんですから――いや、つくづく会長のご壮健には敵いませんな。」

「いやいや、そんな事はない。まだ少しふらふらするし。

しかしまあ我が事ながら、憎まれっ子世にはばかるとは昔の人もよく言ったものだ――脳梗塞でも心臓病でもなく、過労から来た一過性の、虚血性の症状だったとは。悪運が強いにも程がある。」

「まあ、そこまで仰しゃらずとも。

私らお側にいる者や、他の従業員らも心底ほっとしたのですから。一時はどうなることかと大騒ぎでしたし。」

長年会長に付き従い、指示のまま忠実に動く、それだけの生き方を送ってきた運転手は、他の誰よりも側近く仕えてきたのが内心誇らしい。彼の目には、倒れる前と後で会長の何かがはっきりと変わっているのが見てとれる。漠然とした感覚でしかないにせよ、どう言ったら良いか、憑《つ》き物が落ちたような表情や雰囲気。

倒れる直前にスケジュール調整をしていたあの菊川秘書も、身辺にはべる期間ははるかに短いとは言え、男とは違った勘によるものか、そのことを鋭く感じ取っているよう。

彼女がリンゴをむいて持って来たので、しばし３人でシャクシャクゴリゴリと、無言のままに味わいます。以前のような気負った感じが会長から消えており、運転手も秘書も、こうして言葉もなく間近で過ごしていても、べつだん緊張する様子もない。

と、食べ終えて皿を秘書に返した会長が運転手をちらりと見て、告白でもするごとく、

「これからは少しずつ、陰徳なり善行を積んで、後生に備える事にしようかな。いやなに、自分のためばかりではないが。」

などと言う。

「は、イントク——ですか？」

「死にかけて抹香臭《まっこう》くなったと思わんでくれよ。これでも前々から、少しはそういう気もあったのだ。」

「難しいお言葉は、私のような学のない者にはちと分かりかねますが——いったい、具体的に何をされるので？」

「まだぼんやりとしか思い浮かばんが……福祉なり、芸術や文化に対する貢献、スポーツへの協賛、あるいは街路や公園の清掃などでも良い。柄でないと世間からは見られようが、なに、笑われても偽善と思われても構やせん。世のため人のためになることを

——

もちろん本業で手を抜く訳ではないぞ。」

口ははさまぬものの、真剣な面持ちで会長を見つめ、じっと聞き入る菊川秘書。若干観察するような視線ではあるものの、美しさとは別に、その知的で献身的なさまがむろん会

長は嫌いではない。このしっかりとした秘書ならば、自分の意を敏感に汲み取って、てきぱきと実現に向け調整やら段取りなどを進めてくれるだろう――

地獄へ落ちる怖れが多分にあるのなら、いや、良心にもとる覚えが少しでもあるのなら、残された時間で広く世間に対しつぐないなり貢献を――せっかく女房があぁして現れ、示唆してくれたのだから。もう、自己顕示欲や独りよがりなどを捨て去って、かつて自分が苦しめた人々、踏みにじってしまった人たちへの罪滅ぼしをするのだ。

十五

その年の11月、敷地に落ちた銀杏《いちょう》や櫟《くぬぎ》の葉がカサカサと音を立てる、ソノタ自販埼玉の営業所。

買い換えてくれそうな顧客の家を訪ね、デモカーを運転して戻って来た浜谷氏が、重そうな営業カバンを下げ車を降りる。自動ドアをくぐり中に入れば、ちらりと目を向けた所長が、自分の机からチョイチョイと手で招きます。

「メーカー本社からこんなものが来たぞ。辞令だ。」

「え……辞令。どれどれ。」

営業主任浜谷幸輔を、販売会社出向の任を解き、メーカー復帰後ただちに新設の『ソノタ・文化芸術の里』責任者に任ず――文字を追う浜谷氏の眼に、驚きや喜びよりも、むしろいぶかしげな色が浮かぶ。

「文化芸術の里――何でしょう、これは。クルマと関係なさそうですが……」

「うむ、何でも目黒区にある、経営が行き詰まった美術館をソノタが引き継ぎ、周辺の土地も多少買い足して、芸術村みたいなのを作るそうだ。」

「芸術村ですか。何でまた急に？」

「俺もそこまでしか知らんのだ。明日、メーカー本社の人事部に来いとさ。」

自分の事務机に落ち着き、あらためてしげしげと辞令に見入る浜谷氏、その脇にもう一人の営業マン・斉藤君と、事務員の赤井エミさんも寄って来て覗き込む。

斉「ふーん……芸術村なんて始めるのか。面白そうだけど、畑ちがいじゃないのかなあ。まあ、ブリジストン美術館とか何とか、よそでもやってるけどさ。」

赤「今まで知らなかったけど、ハマさんって絵とか美術なんかに詳しいの？」

浜「いや、全然。……むかし京都のそばにあった、本阿弥光悦がつくった鷹ヶ峰みたいなのを目指すのかな。伝統工芸の人なんかにも声をかけて。

　和か洋か知らんけど、文化芸術というからには、いろんなジャンルを集めるんだろう。」

この一片の辞令で詳細な内容など分かるはずもなく、むろん3人は要領を得ない。

斉「でも、良かったじゃないですか。ハマさんもここに来てもう長いし。」

赤「もうほとぼりも冷めたから、そろそろ許してやろうってんじゃないの？」
浜「そうなのかな。」
斉「そうか……。ハマさんはメーカーに戻ってえらくなるんだなあ。」
浜「いやあ、この文化芸術の里っての、内容も位置づけもまださっぱり分からんし、どうだかね。」

翌日、一番マシなシャツにネクタイ、スーツに身を包んだ浜谷氏が、人込みをかき分け丸の内の路上を歩いていています。

この辺は就職面接や新人研修以来だな、と若干の懐かしさに浸っていれば、目の前に、陽を受けてガラス張りの壁面がキラキラと輝く、ソノタの本社ビルが徐々に近づいてくる。(呆れるほどに美しいのだなあ、相変わらず。場末の営業所と何と違うのだろう。ここに毎日通う人はさぞ気分が良かろうし、誇らしくもあるだろうな。)

玄関をくぐり、受付で用件を述べる間も、受付嬢の美貌といい建物内部の華やかさといい、まるで別世界に来たかのよう。内線のやりとりを経て、言われるがまま10階の人事部、応接室に入る。待つほどもなく一人の見知った男が、書類を片手に姿を現します。

いまや人事部長も代替わりして、彼の入社面接に立ち会った時の人物ではない。目の前にいるのは、なんと彼が泥酔事故を起こした際後処理に当たってくれた、あの、当時エンジン工場の人事課長だった人。昇進し、本社に栄転していたのでした。

「浜谷君、久しぶりだな。元気そうじゃないか。」

「ええ、おかげ様で。あの節は大変ご迷惑をおかけしました。」

「うむ――しかしまあ、それはとうの昔にけりがついているのだし、若気の至りみたいなのは誰にもある事だしな。」

久潤の辞はその程度にして、部長は手元に置いた資料をめくりつつ、新任務について説明を始めます。

「この文化芸術の里というのは、薗田会長のたってのご意向だ。春に倒れられたあと、色々と考えることがあったらしく、会社の規模拡大や地位の向上ばかりを目指すべきではない、と思い至ったらしい。」

「はい。」

「他の大企業でも福祉や文化活動に力を入れ始めているし、遅まきながらウチも、という訳でね。しかしこれは、宣伝あるいは世論対策などではない。

なんでも、会長ご自身の贖罪《しょくざい》なのだそうだ。」

「贖罪、ですか。」

「うむ。前の人事部長から聞いているが、君は入社面接の際、会社の仕事だけでなく福祉活動にも時間やエネルギーを割きたい、と言っていたそうだな。それは会長にも強い印象として残っていたらしく、今回の起用となったのだ。

この芸術村では、ウチの社員だけでなく、障害のある人たちをも多く職員として採用したいと言っておられる。君にはその窓口も兼ねてもらう。」

「そうでしたか——それならば、本来の私の考えとも一致します。願ったりかなったりの役目です。」

「そうだろう。きっと前向きに受け止めてくれると思っていたよ。

ならば、続きは別室で話そう。」

「別室で？」

「そう、会長室だよ。」

人事部長が先に立ち、1階上へ昇り、フロア最奥の会長室の前に立つ。

ノックしてやや間を置き、「失礼します。」と2人で歩み入れば、穏やかな表情で椅子に座る会長と、その傍らにたたずむ菊川秘書。

ともに好意あふれる視線を浜谷氏へ向けて来ます。

「久しぶりだな、浜谷。元気でやっていたか。」

「はい、会長。おかげ様で何とか。」

「うむ、まあそこにかけてくれ。」

およその説明は人事部長から受けたので、会長からは大まかな趣旨のみを告げられる。

「――君はかつて、講演会の時も、入社の面接でも私に言った。企業は利潤やシェアの拡大ばかりを追い求めていて良いのか、と。金持ちがそうでない人々を見下ろすだけで良いのかとも言っていた。

青臭い理想論にも思えたが、私もこの年になってようやくそれを、君の主張の正しさを、強く実感しているよ。振り返ってみれば、確かに思い上がりや独善があった。

ただ、もう汚れてしまった私がプロジェクトに直接携わっては、やはりもうけやＰＲの方に頭が向いてしまう。悪い癖でな。だから君に託すのだ。ある程度までは自由に裁量して良いぞ。」

「はい……」

「決めかねるような事があったら、この菊川君を通して私に相談していいからな。あと、君のポジションはソノタ本体での課長待遇とする。せめて課長クラスにせんでは、重みがなくて統括が難しかろう。異例ではあるが、私が決定した。」

良かったね、と笑みをたたえ顔を向ける部長と菊川秘書、感激のあまり声も出ぬ浜谷氏を眼を細めて眺め、ぽつりと会長が言う。

「君は相変わらず、涼やかな眼をしているな。」

「は……」

「多少の挫折や不遇ぐらいで、暗くなりはせんのだな。」

「そんな――涼やかなどと、お恥ずかしい。思ったこともありませんのに。」

「ふむ、まあそれは良い。

君のような男は、これから先もきっと、他の者とは違う存在感や価値を発揮するだろう。皆同じでなくとも良いのだ。頑張ってくれよ。」

「はい……ご厚恩はけして忘れません。」


顧客の引き継ぎやら書類の整理やら、慌ただしく後始末を済ませ、ささやかな送別会で赤井さんや斉藤君らと、ともに過ごした日々の名残を惜しむ。大きく見れば同じソノタ・グループの中ではあり、二度と会わない訳でもないにせよ、そこは浜谷氏も他の面子も、石や金《かね》で出来ているのではない。赤井さんなど、異性としての意識があったのかどうか、涙が止まらぬありさま。

数日かけて得意先への挨拶廻りを経た後に、浜谷氏は目黒区の美術館へ自分のパソコンや事務用品等身の回りの物を持ち込んで、がらんとした事務室の一角、大きな机に陣取ります。とりあえずそこが当面の作戦本部。

「文化芸術の里」立ち上げプロジェクトのメンバーとして、ソノタ本社から送り込まれた部下2人とともに、ソノタの総務部や菊川秘書と連日打ち合わせやスケジュール調整を重ねる。改装工事の段取りやら要員計画やら、画家や書道家、モダン・アーティストらへの接触や交渉などなど、誰も経験のない新規事業に右往左往、駆けずり廻る日々を送ります。

大学の３年生、まだ正式な内定が出るには早過ぎるものの、浜谷氏と営業所長の推薦を得、人事部長の内諾ももらい、卒業後にソノタへの就職がほぼ決まっている小平強君も、来られる日にはせっせとやって来て、メンバーとともに物運びや簡単な事務作業、社有車での来客の送り迎えなど、もはやソノタの一員といった意識で働いています。もちろんまだバイトの立場であるとは言え。

入社後にこの芸術村で働くのか他の部署へ配属されるかはむろん何も決まっていないにせよ、すっかり浜谷氏になついてしまっている彼は、傍からは完全に弟分としか見えません。

さて、人と人とのつながりは、時として実に異なもの。プロの芸術家や伝統職人のみならず、一般からも出品や展示をつのるこの芸術村の方針に、小平君の口から話を聞きつけたフレンチ Ramen・マルソーの麗菜ママも、それならば、と多忙の身をかえりみず久々に絵筆をとる。若き日の願いを叶える時がやっと来た、とばかりに制作に励み始めたのでありました。

さらには、マルソー夫妻の店を定期的に訪れ、焼き物の納品や精算をしていたビーバーブルック商会のアーネスト・サットン氏も、さっそく一枚加わろうと例の埼玉北部の陶芸家などと連絡を取り、参加を目指して動き出す。上司かつ日本支所の責任者でもあるピークス氏を説得し、ソノタ本社に打診をかねて接触してもらう。

こうして、何かの縁で出会った人々、薗田会長と浜谷氏、小平君、麗菜ママ、サットン氏――それぞれに目的や夢、あるいは打算などもあるにせよ、神様が導いたのかは知れないけれど、各々生きがいや思い出を得られるであろう場が現れようとしています。


年が改まった2月の初め、いよいよ開園間近となった芸術村を、店を臨時休業したマルソー夫妻が訪れる。マルソー氏が運転するミニ・クーパーの車内に、麗菜ママが描き上げた絵を何とか押し込んで、はるばる埼玉県からやって来たのでした。

つつじやあじさいなどの植え込みや瀟洒《しょうしゃ》な造りの噴水がきちんと手入れされ、新築のごとく装いを改めたそれぞれの建物、新しいことが始まる直前の明るく活気に満ちた敷地のそこここで、造園や内装関係の業者、ソノタの社員、さらには浜谷氏が採用した障害者施設からの人たちも、各々のペースでやるべき事に励んでいます。

半円形をなす大理石の短い段を昇り、玄関ロビーに入ってゆけば、受付カウンターの横で中腰になり背の高い観葉植物の鉢を据えていた小平君が、ふと顔を上げて夫妻に気付く。

「あ、ママ。マルソーさん。そろそろ来る頃だと思ってました。

いま責任者を呼んで来ます。」

ママがカウンターに身をもたれさせ、マルソー氏は脇に抱えた、ひもや厚紙で丁寧に包装された大きな絵をそっと床に下ろす。そのまましばし待てば、ロビーから伸びる真っ直ぐな画廊の端に、小平君を先に立てた浜谷氏が姿を現し、やや足早に近づいて来る。

「ようこそいらっしゃいました。当館を預かる浜谷と申します。お出まし頂いたご趣旨は、およそこちらの小平君からうかがっております。」

「ずうずうしいかとは思ったんですけど、有名な画家の方ばかりでなく、アマチュアの作品も展示して下さると聞いたものですから……」

「はい、喜んで。今のところまだスペースに空きがありますので、審査などをせずとも、私が見て問題ないと思えば展示いたします。大々的な宣伝は控えておりますから、殺到している訳でもありません。

では、よろしければさっそく拝見したいのですが。」

皆でぞろぞろと画廊の中ほどへ進み、マルソー氏が絵を壁に立てかけてひもの結び目を解き、ガサガサと包装紙をはがしにかかる。

現れたのは、縦80センチ、横120センチほどの風景画。通りの左右に肉や野菜、ワインや洋菓子などさまざまな食べ物を売る店が軒を連ね、一見してどこかヨーロッパの市場、それぞれの服装をした多くの人たちが行き交う、明るくにぎやかな雰囲気がかもし出されています。

浜谷氏を除き、描いた本人は当然として、マルソー氏も以前話を聞いていた小平君も、そこがどこであるかを知っている。そう、かつて夫妻が懸命に働き、泣き、笑い、楽しい記憶も辛い思い出も染み付いている、あのマルシェ。野菜の店で立ち働く顔の描かれていない男女、これが誰であるかは言うまでもありません。

画中の右奥に小さく描き込まれた古びたアパルトマン、本当はそんな近くに建ってはいなかったのだけれど、やはりそれも、麗菜ママにとってはずすことの出来ない、思い出深い場所。

浜谷「ふーむ……素晴らしい絵ですねえ、もっとも私は素人ですが。何と言うか日常の暮らしの中で、働く人や訪れた人それぞれに、生き生きとした躍動感がありますね。」

小平「ほんと、楽しそうな所だなあ。僕もパリへ行ってみたくなるな。」

麗菜「行けばいいじゃない、ソノタのヨーロッパ駐在員とかで。」

小平「でも、久美ちゃんに行くなと言っといて、それじゃ……」

麗菜「あら、結婚して一緒に行けばいいのよ。久美ちゃんも絶対喜ぶし。いまからでも少しずつ、フランス語習っておけば？」

マル「そうそう、何なら私が教えるよ。タダは駄目だけど。」

小平「えー、そんな急に言われても。」

なるほどパリだったか、と納得する浜谷氏も、憧れか羨望なのかは分からないにせよ、描かれた光景をまぶしそうに眺める。

(人物の躍動感もさる事ながら、それとは別に、構図や色使いに実にどっしりとした安定感がある。大人の落ち着きというか……。

やはり、作者の人柄を反映するのだろうか?)

と、そこへ、皆の足元に何か黒いものがチョロチョロと現れたと見れば、床に止まって触角をせわしなく動かすのは、人の親指ほどもあるゴキブリ。眼を留めた瞬間の、麗菜ママの表情といったら。

「ぎゃーっ!」

15センチは跳び上がり、数メートルもすさったママを浜谷氏と小平君が唖然として見つめる中、マルソー氏のみ赤くなって大笑いします。

「はっはっは……変わらないなあ、レナは。でも、そこがいいところだけどね。」

十六

それから一年数ヵ月の時が過ぎて。

スイカ売りのトラックの拡声器ものどかに響く8月の中旬、お盆をはさみ世は夏休みの真っ最中。休み明けまであと2日、丘の上のアパート、小平君が学生時代から住む部屋に、彼と母親、および久美ちゃんが何をするともなくたむろしています。母親がタッパーに入れて持って来た煮物や野沢菜で昼食を済ませ、腹も満ち天気も良く、実にゆったりとした気分。

ソノタへ就職早々に、以前働いていた営業所で中古の軽ワゴンを買った小平君は、頭金を出してもらったその代わりに、時に運転手として母親の足代わりをつとめている。この盆中も、墓参りやら法事やら、その前に花屋や仏具店に寄ったりなど、文句一つ言わずかいがいしく動く。今日はそういった行事も一通り済み、ふもとで久美ちゃんを拾ったあと、坂道を非力な軽で這い上がって住みかへとたどり着き、こうしてのんびりしているのでした。

わざわざこんな丘のてっぺんにアパートを借りて、とずっと不平たらたらだった女性陣も、車で来れるのならばと一切口を閉じたさまは、見事なまでに現金なもの。

かつて浜谷氏もいたエンジン工場で、総務部の一員として働く小平君は、独身寮に入ることも別のアパートに移ることもなく相変わらずここに住み、電車で通ったり時にマイカーで行ってみたり。

長く保険の外交員をつとめ、女手一つで息子を育てた母親は、ようやく肩の荷が下りた心地なのでしょう、春以降ずっと機嫌が良く、表情も以前に比べはるかに穏やか。お嫁さんになってくれる女性もこうして目の前にいる事だし。

「まだ半人前の身で、毎月ちゃんとお給料を頂けるし、ボーナスも6ヵ月分貰えるなんて。

大きな会社に入れて、ほんと良かったわねえ。」

「半人前だなんて――そりゃあ、まだトイレの紙を替えたり電球を交換したり、そんな仕事が多いけどさ。そればっかりじゃないよ。」

「推薦して下さった所長さんや浜谷さんに、お中元や暑中見舞いはちゃんと送ったの？

上司の方にはもちろんだし。

長い会社勤めでは、そういう気配りが大事だからね。あとあと違ってくるんだから。」

「うん……でもお中元とかの習慣って、もう古いんじゃないのかなあ。あんまりやってる人見ないけど。」

「ほらほら、そこが半人前。やってないふりをして、世渡りを考える人は、そういう所で抜け目がないものなの。

ね、久美ちゃん？」

母親と同じ調子で彼氏をこき下ろす訳にもゆかず、苦笑じみた表情の久美ちゃん。

青山のブランド・ショップで、販売員として働き始めて3年目、元々可愛らしくファッション・センスの良い彼女はたちまち№1の売れっ子となり、上司や本部の覚えが良い。

しかしそうなると周囲の妬みは相当なもの、陰口は叩かれるわ日常の嫌がらせはあるわ、女性が多い職場の現実は、なにも少女漫画やドラマの世界ばかりではない。組織の中で生きる難しさを、小平君より2年も早く日々経験している彼女には、母親の心配が痛いほどに分かります。

「たしかに、仕事の能力や結果だけじゃなく、気遣いって大事ですよね。」

と、やや遠回しに言う。

「そうそう。元々久美ちゃんの方が大人びてるのに、先に社会へ出てるんだから、強がぼんやりしてる時は遠慮なく注意してちょうだいね。」

いつまでも子供あつかいして、俺だって学生の時ずいぶん働いてたんだ、とやや不満げな小平君。えんえんと説教されたんじゃかなわんと思ったか、ふと気付いたような顔で窓の外へ目をやると、

「いい天気だし、ちょっと外に出てみない？　こんな日はすごく見晴らしがいいんだ。」

と久美ちゃんを誘う。

階段を下り、アパート前の駐車場に手狭に並んだ車の横をすり抜けて、先に立った小平君は雑木林の間についた小道をてくてく歩き、ゆるやかな崖のきわに出る。開けた眺めが、住み始めた頃から大のお気に入り。

しばしたたずんで高所からの風景に見とれたのち、ぽつりと口を開く。

「ふー。来年の6月か。」

「そうだね……1年ないんだね。」

「ついに久美ちゃんと結婚するんだなあ。なんか信じられないな。」

詠嘆するように言う小平君に顔を向け、その語調に不審を覚えたか、やや詰問の口調で久美ちゃんが聞く。

「ついにって、やっと結婚出来るってこと？　それとも、捕まったとか逃げ損なったって意味？」

「そんな（笑）。捕まったなんて……嬉しいに決まってるじゃない。」

「ほんとに？　女と違って男の人は、あんまり早く結婚するより自由がいいって言うじゃない。若い時から家庭に縛られるんじゃなくて。」

ここに至っても、まだ彼の本心を確かめようとするかのような久美ちゃんに、小平君は苦笑するしかない。もっと自信を持てばいいのに、とも思う。

思い返せば中学の頃から、クラスで学年でトップランクの人気だった久美ちゃんと付き合うのを、周りはどれほどうらやんだことか。

この人がいたからこそ、自分の青春は明るかったし、さまざまな思い出も作れた。

それ程の彼女が、自分に飽きたり他の男と仲良くなったりせずに一途でいてくれたのは、それこそ信じられない気がするし、そんな人を今さら裏切れるはずがない。むろん男には、付き合ったり遊んだりした女性の数を自慢するような奴も多いけど、自分はそんな事に価値があるとは思っていないのに――

ふと眼を上げれば、丘の高さとさして変わらないほど間近に見えるむくむくとした積乱雲、内に湧き上がる意志を秘め、これから地上を雨や雷で思い切り叩いてやろうというような、思わず息を飲むまがまがしい迫力。

しかし若年の小平君は、そこにはかり知れぬエネルギーのごときものを見、怖れよりも一種の高揚感、わくわくする情動を覚える。

力強く雄大なありさまに、武者ぶるいすら起こりそう。

(よし！　俺だって、仕事も家庭も人に負けないように頑張るぞ。)

大きく息を吸い込んで拳を握り、改めてまじまじと、頭上を圧する段々雲を見つめます。

(あの入道雲に比べれば、俺なんてちっぽけなもんだけど、体力も精神的な活力も充分みなぎってる気がするし、何でも来いだ。

そんなにえらくならなくとも、社会人として一人前と言われるようには必ずなって見せる。)

子供が出来、養い育てるのに加え、家のローンや学費などにも苦労するのだろうけど、久美ちゃんと一緒なら——

しばし感慨にふけったあと、地表に目を転じれば、市中を流れる河の向こう、やはり小高い丘の中腹に、４年間過ごした自分の母校。

見慣れた橋、鉄塔、家々の甍《いらか》——マルソー氏の小綺麗な店は、残念ながら死角で見えない。

（ここの風景はいつ見てもいいなあ。きれいで広々してて…見飽きる事なんて無さそうだ。）

転勤などでこれからいろいろ住む所が変わるのかも知れないにせよ、人がどう思うかは別として、自分にとっては捨てがたい魅力と愛着のある場所。ここには学生時代ずっと、久美ちゃんと過ごした思い出だってあるのだ。

「だいぶ先の話だけど――この丘に家を建てようかな。小さくてもいいから。

見晴らしのいい場所を選んでさ。」

「えー？　こんな便利の悪い所に？　やめようよ。」

「気乗りしないの？」

「子供の通学とか買い物とか、大変に決まってるし、年取ってからどうするの。雪でも降ったら登り降り出来ないし――

そんなにこの丘が好きなら、時々登ってみるくらいでいいじゃない。」

「うん……でも、街中のごみごみした所より、よっぽどいいと思うけどなあ。静かだし、空気もきれいだし。ウグイスやカブト虫もいるのに。」

女性とは現実的な生き物で、男のロマンや夢などを理解しないという。

それはまあ、客観的に見れば久美ちゃんの言う通りだろう。峠の我が家などというのは、子供っぽい憧れに過ぎないのかも知れない。

（まあいいさ。傲慢《ごうまん》かも知れないけど、決めるのは俺なんだ。いずれ必ず――）

まだ疑わしそうに彼を見つめる久美ちゃんに、話題をそらそうと、ふと思いつくままに小平君は口を開く。

「そう言えば、ヨーロッパに赴任して、久美ちゃんとパリを歩いてみれば？　なんて麗菜ママが言ってたな。

頑張って認められて、ソノタの駐在員になれれば、だけど。」

「え、駐在員？　パリ！？　そんな可能性あるの？」

「まあね、語学を勉強してからだし、いつになるか分からないけど。それに、君が今勤めてるブランド・ショップの事もあるし。」

「パリに！　しかも2人で……夢みたい。それが叶うんだったら、今の仕事やめても全然かまわない！」

キャー、と叫ぶなりぴょんぴょん飛び跳ね、急に遠くを見る眼になった久美ちゃんに、小平君は内心呆れる他はない。

(女性だって、ちょっとこんな話をしただけで、現実から夢に飛躍するじゃないか。もう。つまりは、男の夢やロマンを認めずに、現実を求めるけれど、自分はいいのだな。)

面白いというか、この先少し心配というか。

矛先をかわそうとつい駐在員の話を出したけど、彼の本心は、遠い異国に行こうなどという気はさらさらない。自分を取り巻く慣れ親しんだ人々と離れたくはないし、地に足を付け着実に生きたい。さっき頑張ると誓ったのは、身の丈に合う範囲でのこと。

小じんまりとか大志がないなどと思われるかも知れないが、それが自分なのだ。小さな幸せ、それが悪いはずはない。

(ぬか喜びさせる事を言うんじゃなかった。もめる元だな。)

パリには、いつか旅行で行けば良い。

(お袋、ハマさん、麗菜ママにマルソーさん、その他にも大勢の人々——何で離れたいもんか。好意を向けてくれる人たちと、一緒に笑ったり泣いたり、苦労も分かち合ったり……それでこそ生きてる実感があるじゃないか。)

自分はそんなに大した人間ではないかも知れない。部長や重役といった、会社の中枢に立つ人達とは種類が違う気さえする。

しかし恐らく、孤独にだけはならないだろう。その一事だけでも、出世や名声、富……そんなものよりよほど大切なことと自分には思える——

積乱雲が急に密度を増し、黒っぽい色に変わり、大気を震わせてゴロゴロと恐ろしげな音が響く。慌てて小平君は久美ちゃんの手を引き、アパートの部屋へと小走りに戻る。

バラバラと音を立て、大きな雨粒が木々の葉を打ち、揺らす。

(こんなありふれたささいな出来事も、自分や久美ちゃんにはある種の喜び、思い出なのだ。婚約してた頃、こんな事もあったね、と——

そう、人とのつながりこそ、自分にとって無上の幸せ。）

『ラオコーンの情景』・（完）

あとがき

私の書く小説は、いわゆる群像劇であります。主人公を1人か2人にはっきりと定め、その人物を中心に展開するというのではなく、比較的多めの登場人物がおり、場面もしばしば変わります。

教科書などに出てくるギリシャ彫刻、『ラオコーンの群像』。多くの人が力を合わせて重いものを支えているこの有名な作品と、自分の小説のイメージを重ね合わせ、題を『ラオコーンの情景』と付けました。

埼玉県に住む大学2年生の小平強《こだいらつよし》君、これといった特技も個性も持たない大人しい青年が、唯一の取り柄と言ってよい、人に好感を持たれる性質と自分自身の人懐こさにより、周囲の人々と助け合い支え合いながら、就職や結婚が決まってゆく――この登場人物が最も題を象徴しています。

一方、『ソノタ自販埼玉』で営業主任を務める浜谷幸輔《はまやこうすけ》氏は、学生時代から正義感が強く、自身の価値観へのこだわりも持つ人物。

そのため、就職後もしばしば周囲との軋轢《あつれき》を生み、上司とも対立し続け、自動車メーカー本体で採用されたにも関わらず、販売子会社へと飛ばされてしまった過去がある。それでも少しずつ、客商売の経験を積む過程で人としての幅を広げてゆく。

彼が癖の強い面を持つのを知りながら、見所があると主張し一存で採用を決めたのが、『ソノタ自動車』の創業経営者である薗田畝男《そのだうねお》氏。自分の若き日の姿を浜谷氏に見たのかも知れません。

この小説の中盤は、田園調布の裕福な家に生まれ、夢や憧れだけでフランスへと渡航してしまう、藤咲麗菜《ふじさきれな》という女性を中心に展開します。１９９５（平成７）年時点で30代の半ば、筆者とほぼ同世代であるこの人は、これより十数年も前の若い頃、昭和後半の明るく積極的な時代の雰囲気そのままに、それまで通っていた日本の大学を中退し、身１つでフランスへと旅立ったのでした。

箱入りのお嬢さんが具体的な計画や算段もなく、気分だけで渡った異国の地で、どんな展開が待っていたか――詳細は本文で。

後半からエンディングにかけては、月並みながら、登場人物がそれぞれに絡み合ってゆき、各々の性格や価値観の導くところ、収まるべき結末に収まってゆく。

ラストシーンはいわゆるハッピー・エンド風でありますが、そんなにうまくゆくものか、といった都合の良い結果とまではしていない積もりです。登場人物が幸せ（と思います）な結末を迎えるのは、筆者自身が達成出来なかった願望を託している面がありますので、その点はご容赦下さい。悲しい話や暗い話は現実の世界のみで充分であり、せめて小説だけでも明るくしたいものだと思っています。

さて、私の書く小説に登場する人物は、基本的にいい人が多い。主役クラスは皆そうです。

狡《ずる》い奴や悪い奴は敵役としてしか出て来ないので、偏りがあるのは否めません。この面で、単純な勧善懲悪ものに似ていると言えばその通りでありますが、ここにも私の個人的な思いが反映しております。世の中には汚い事や醜い事などそれこそ無数にあるけれど、真面目な人や善男善女だって多いのだ、と強調したいがため。

露悪趣味の持ち主ではないので、人間の見苦しい面よりも、良い面を多く書いてゆきたいと考えております。

平成29年7月

著　者

栗野　中虫（くりの・なかむし）
1960（昭和35）年、宮城県生まれ。
2010年まで、東京・大阪・埼玉・仙台で会社員や自営業に従事。
現在は仙台市太白区在住、老化防止と趣味を兼ねて執筆活動中。
性別は男。
著書：「グッド・オールド・デイズ　昭和から平成へ…分水嶺に生きた人々」

ラオコーンの情景

2017年8月1日　初版発行
著　者　栗野　中虫
発行者　大内　悦男
発行所　本の森　984-0051 仙台市若林区新寺1丁目5-26-305
電話＆ファクス 022（293）1303
URL　http://honnomori-sendai.cool.coocan.jp
E-mail forest1526@nifty.com
表紙写真　大内　玲旺
印　刷　共生福祉会　萩の郷福祉工場

ISBN978-4-904184-93-6